KB003811

알래스카에서 일주일을

알래스카에서 일주일을

초판 1쇄 발행 2018년 6월 28일

글 사진 조동범

펴낸곳 도서출판 가쎄 [제 302-2005-00062호]
주소 서울 용산구 이촌로 224, 609
전화 070. 7553. 1783 / 팩스 02. 749. 6911
ISBN 978-89-93489-73-6

값 13,800원

홈페이지 www.gasse.co.kr
이메일 berlin@gasse.co.kr

알래스카에서 일주일을

알래스카에서 일주일을

1day
2day
3day
4day

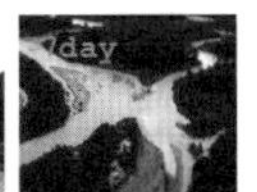

프롤로그

선명한 어둠이었다. 끝도 없이 펼쳐진 자작나무와 가문비 숲을 온통 휘감고 있는 것은, 선명한 어둠이었다. 백야는 마치 선명한 빛이 머물고 있는 저물녘의 어느 순간처럼, 그러나 때로는 어둠이 몰려오기 시작하는 '개와 늑대의 시간'처럼 펼쳐지기 시작했다. 백야. 그것은 낮의 빛도 아니고 밤의 어둠도 아닌 모습으로 극지의 공중을 장악하기 시작했다. 어둠이 몰려오고 있었지만, 어둠은 온전히 제 몸을 드러내지 못하고 저녁 주변을 어슬렁거리고 있을 뿐이었다. 어둠은 그저 신기루처럼 밤하늘을 배회하며 새벽을 지나고 있을 뿐이다.

백야가 펼쳐진 툰드라를 달리는 것은 몽환의 순간을 지나는 것이다. 백야의 빛은 때로 초저녁의 그것처럼, 때로는 어둠이 물러가지 않은 새벽녘의 그것처럼 펼쳐지고 있었다. 저녁을 지나 아침이 올 때까지, 피아를 구분할 수 없는 '개와 늑대의 시간'은 계속된다. 그것은 마치 깨어있는 것도, 잠든 것도 아닌 것처럼 몽롱하게 내 의식을 헤집고 선명한 어둠을 흐느적거린다. 환영과도 같은 시간을 지나치며 무슨 생각을 했는지 자세한 기억은 나지 않지만, 그것은 알래스카라는 극과 어우러져 매혹의 한순간으로 여전히 내게 남아 있다.

나는 오랫동안 극지 여행을 꿈꿔왔다. 극지는 그 어떤 시원(始原)과도 같은 감각으로 내게 다가오는 것이었고, 나는 그곳에 가기를 언제나 희망했다. 원시의 생명성과 미지라는 아득함이 만들어내는 울림. 그것은 나에게 충분한 떨림이자 흥분이었다. 하지만 극지로 떠나는 것은 쉬운 일이 아니어서 오랜 망설임과 결심을 필요로 했다. 극지까지의 여정은 낯선 느낌으로 다가왔고, 그곳을 다녀온 사람조차 드물었다. 알래스카에 다녀온 여행자를 쉽게 만날 수 없는 상황에서 알래스카에 대한 정보마저 부족했으니, 알래스카 여행을 선뜻 꿈꾸기는 그리 쉬운 일이 아니었다. 그러나 극지로의 여행은 생각처럼 그렇게 어려운 것만은 아니다. 시애틀을 경유하여 앵커리지나 페어뱅크스까지 가는 것은 어떻게 생각하면 매우 간단한 일일 수 있다. 물론 경유 시간을 포함하여 스무 시간 가까이 걸리는 여정을 쉽다고 할 수는 없겠지만 한 차례 경유하는 비행 스케줄은 우리나라에서 스페인까지 가는 여정과 크게 다를 바 없는 것이기도 하다. 알래스카로 떠나는 일은 이처럼 어려운 것만은 아니다. 그럼에도 불구하고 그것은 쉽게 결정할 수 있는 성질의 것이 아니었다. 결국 알래스카까지 가는 것은 물리적인 거리감보다 심정적인 거리감이 더 크게 작용을 하는 것이리라.

그날, 알래스카라는 말을 들었던 순간의 흥분이 아직도 잊히지 않는다. 예정에 없던 여행지였지만 알래스카는 오래전부터 나의 마음을 사로잡고 있던 곳이었다. 더욱이 남극과 그린란드, 그리고 캐나다 옐로나이프와 같은 극지로의 여행을 준비하고 있던 터라 알래스카행 제의가 들어왔을 때, 나는 단 한 번의 망설임도 없이 단박에 그곳으로의 여행을 결정했다. 이번 기회에 가지 않는다면 '극'을 향한 나의 꿈이 또다시 몇 년 유예되리라는 것을 잘 알고 있었기에 더는 망설일 수 없었다.

시애틀을 거쳐 알래스카 앵커리지로 가는 길은 꽤 먼 길이었다. 환승 시간을 포함하여 스무 시간 가까이 걸리는 여정은 '극'이 전달하는 어감처럼 먼 곳에 있는 아득함으로 다가왔다. 그리고 그 아득함의 끝에 호시노 미치오가 있었다. 사실 이번 여행에서 가장 기대했던 것 중 하나는 알래스카 야생 사진으로 유명한 호시노 미치오의 작품을 직접 보는 것이었다. 십 대에 알래스카에 처음 다녀간 이래 평생을 알래스카에 살며 알래스카의 야생 사진을 찍다 생을 마감한 호시노 미치오의 삶에는 그 어떤 경외의 세계가 녹아 있다. 나는 그의 사진과 삶이 궁금했고, 알래스카의 무엇이 그토록 그를 매료시켰는지 알고 싶었다. 촬영 여행 도중 곰의 습격을 받고 죽음에 이른 호시노 미치오의 삶은 마치 하나의 상징처럼 특별한 감각을 불러일으키며 나를 매혹시켰다. 그의 작품은 알래스카대학교 페어뱅크스캠퍼스에 소재한 북극박물관(University of Alaska Museum of the North)에 상설 전시되어 있다. 하지만 그의 작품은 박물관 복도 한편에 몇 점 걸려 있는 것이 전부여서 다소 아쉬움을 남기기도 했다. 알래스카대학교에서 근무하는 한국인 교수로부터 일반인에게 공개되지 않은 호시노 미치오의 더 많은 작품이 있다는 이야기를 전해 들었지만 아쉽게도 이번에는 기회를 잡을 수 없었다. 그러나 북극박물관에서 다소나마 그의 흔적을 느낄 수 있다는 점만으로도, 그리고 그를 매혹시켰던 알래스카에 왔다는 것만으로도 감동은 충분했다.

알래스카의 6월부터 8월은 여름이고, 따라서 그곳에도 꽃이 피고 녹음이 우거지는 것은 당연한 일이지만 조금은 의외의 마음을 갖게 하는 것도 사실이다. 이번 여행을 다녀와서 가장 많이 들었던 질문도 알래스카가 얼마나 추웠냐는 것이었다. 일반적으로 '극'이라는 단어를 생각할 때 보통 추위와 빙하를 먼저 떠올리지만 사실 알래스카의 여름은 16도 내외의 선선한 가을 날씨여서 상당히 쾌적할 뿐만 아니라 활동하기에도 매우 좋다. 백야 기간이기 때문에 오로라를 볼 수 없다는 아쉬움을 제외하면 여행하기에 가장 좋은 계절이 바로 알래스카의 여름이다.

앵커리지에서 출발하여 호머, 위디어, 스워드, 팔머, 와실라, 타키트나, 데날리, 네나나 등을 거쳐 페어뱅크스에 도착하는 여정. 길 위의 여정 자체가 하나의 커다란 목적지인 곳. 내가 지나온 많은 곳들은 각각의 아름다움을 지니고 있었지만 길 위의 여정을 공유한다는 점에서 그것은 단 하나의 알래스카의 이미지로 나에게 각인되어 있다. 이번 여행에서 앵커리지와 페어뱅크스 이외의 지역 중에서 유일하게 묵은 곳이 있는데, 그곳은 알래스카의 땅끝마을이라고 불리는 호머였다. 사람이 살고 있는, 내륙의 가장 남서쪽 끝에 있는 마을. 바다와 빙하가 보이는 작은 마을 호머. 그곳에서 보냈던 낮과 밤의 순간이 알래스카의 다른 곳보다 특별할 것은 없었지만, 호머의 클럽 Alice's Champagne Palace에서 만난 풍경은 인상적인 느낌으로 남아 있다. 한적한 마을의 클럽에 모여든, 브라스밴드의 흥겨운 연주를 듣고 춤을 추던 수많은 사람들. 그들은 그렇게 알래스카의 땅끝에 모여, 저물지 않는 밤을 마시고 춤추고 노래하고 있었다.

알래스카는 그곳을 찾는 우리나라 여행객 자체가 많지 않은데, 그나마 알래스카를 방문하는 여행객의 대부분은 앵커리지 인근에만 잠시 머물다 간다. 그래서 페어뱅크스와 땅끝마을 호머까지 방문하는 이들은 많지 않다. 특히 호머를 취급하는 여행 상품은 전혀 없기 때문에 그곳을 방문하는 우리나라 여행자는 극소수이다. 이처럼 알래스카는 우리에게 익히 알려진, 낯설지 않은 곳이지만 정작 알래스카는 우리의 그리움 너머에 존재하는 것처럼 머나먼 미지이기도 하다. 그런 점에서 호머에서의 짧은 하룻밤은 더욱 특별했고, 페어뱅크스에서 만난 아름다운 풍경과 그곳 사람들과의 잊을 수 없는 만남은 오래도록 나의 마음을 사로잡고 놓아주지 않았다.

여행은 때로 특별한 것들을 보고 들은 기억보다 작고 사소한 인연이 더 기억에 남는 법이다. 물론 서프라이즈 빙하나 타키트나에서 경비행기를 타고 마주한 데날리 산(그 동안 매킨리 산이라 불렸으나 2015년 '데날리 산'이라는 원래의 이름을 되찾았다.)의 압도적인 아름다움 등은 나를 매혹시키기에 충분한 것이었지만, 여행을 마치고 돌아온 지금 내 마음을 사로잡고 놓아주지 않는 것은 그곳에서 만난, 잊을 수 없는 인연들이다. 페어뱅크스의 작은 바 MECCA에서 만난, 나에게 '아리랑'을 불러주고 코를 비비는 전통 인사를 건네던 에스키모들(그곳에서 만난 모든 에스키모들은 동양인인 나에게 언제나 '우리는 가족'이라고 말해주었다.), 그리고 그곳의 성실하고 상냥한 바텐더 키산드라(?), 나에게 정태춘 LP를 선물한 레코드숍 주인(세상에! 알래스카에서 정태춘이라니!), 지역 공동체 헌책방 'forget me not', 네나나에서 작은 아트숍을 운영하고 있던 한 가족의 평화로운 모습 등 알래스카의 일상과 어우러진 만남이 유독 나의 마음을 사로잡고 놓아주지 않았다. 특히 페어뱅크스에서 한식당을 운영하는 페어뱅크스 한인 회장님과 낸시 여사님 부부를 비롯한 한인들의 호의는 오래도록 기억에 남을 것 같다.

알래스카를 떠나며 한 가지 아쉬웠던 점은 뉴욕 에스키모(에스키모는 '생고기를 먹는 사람'이라는 뜻을 지니고 있다. 그래서 일부 에스키모들은 자신들이 이누이트로 불리기를 원하는데, 이 말은 그들의 언어로 '사람'이라는 뜻이다. 다만 이 책에서는 우리에게 익숙한 에스키모라는 명칭을 사용하기로 한다.) 미닉에 대한 이야기를 듣거나 찾을 수 없었다는 점이었다. 물론 미닉이 그린란드 출신의 에스키모이기는 하지만 미닉의 이야기가 알래스카에도 전해지지 않았을까라는 기대를 했었다. 탐험가로 알려진 피어리에 의해 미국으로 끌려와 짧은 생을 비참하게 마감한 미닉과, 뼈와 살이 발린 채 박물관 유리 전시실에 전시되었던 에스키모들의 비극적인 고통의 흔적을 찾고 싶었다. 이제는 알래스카에도 그 땅의 주인이었던 에스키모들은 이방인이 되어 살고 있다. 그런 점에서 알래스카는 아름다움 이면에 상실한 고향의 비극을 담고 있는 곳이기도 하다.

아마도 이 책을 읽는 많은 분들이 극지로의 여행을 꿈꾸고 있을 것이다. 하지만 그것을 실행에 옮길 수 있는 사람은 아마도 극소수에 불과할 것이다. 극지는 이처럼 여전히 먼 곳에 있는 미지이다. 하지만 극지로의 여행을 꿈꾸고 있다면, 그것을 실행하는 것은 결코 어렵지 않은 일이다. 물론 적지 않은 비용과 짧지 않은 시간을 마련하는 것이 쉬운 일만은 아닐 것이다. 그러나 극지로 떠나는 것은 불가능한 그 무엇이 아니다. 무엇보다 알래스카로 떠난다는 것은 그만한 가치가 있는 것임이 분명하다. 나는 알래스카에서 돌아와서 한동안 빙하가 전달하는 경이로운 감동에서 헤어 나오질 못했다. 이 책을 들고 올여름, 불현듯 다가오는 그리움처럼 그들과 다시 만나게 되기를 간절히, 간절히 희망한다.

첫 번째 미지:
'극'이라는 이름의 매혹

어딘가로 떠난다는 것

우리가 여행을 떠나는 이유는 여러 가지지만, 그중에서도 일상으로부터 벗어나기 위한 것이 가장 큰 이유일 것이다. 현대의 일상은 무가치하고 무의미한 시간을 의미하는 것이다. 따라서 일상은 아무런 의미 없이 흘려보내는 비극적이고 우울한 시간일 수밖에 없다. 현대인들은 일상의 한가운데에서 방향을 잃고 삶을 허비하곤 한다. 여행은 이와 같은, 지리멸렬한 일상을 벗어나게 함으로써 우리 삶에 그 어떤 활력과 긍정의 기운을 불어 넣어준다. 그런 점에서 우리는 끊임없이 여행을 갈망하고 떠나는 것이다. 또한 여행은 일상을 벗어나기 위한 끊임없는 시도이기도 하다. 하지만 여행이 끝나는 순간 또다시 일상은 우리 앞에 견고하게 나타나며, 우리의 삶을 일상이라는 굴레 속으로 떨어지게 만든다.

그런 점에서 우리는 결코 일상을 벗어날 수 없다. 앙리 르페브르가 일상을 무너지지 않는, 견고하고 단단한 것이라고 한 것처럼, 일상이 우리의 삶을 지배하고 있기 때문이다. 그렇기 때문에 우리는 더욱 강렬하게 일상으로부터 벗어나기를 희망하는 것이리라. 아마 많은 사람들이 일상을 그저 지루한 그 무엇으로, 평범한 삶의 매 순간 정도로만 생각하고 있을 것이다. 물론 이런 생각이 아주 틀린 것은 아니다. 하지만 이와 같은 생각이 전적으로 맞는 것 역시 아님은 분명하다. 일상은 우리가 생각하는 것보다 조금 더 복잡한 의미를 지니고 있으며 역사적인 맥락과 함께 우리 삶 전반을 지배하고 있는 개념이다.

내가 끊임없이 여행을 떠나는 이유도 이러한 일상의 지루함과 숨 막히는 고통 때문이다. 내가 그동안 떠돌았던 길 위의 삶은 그런 점에서 일상 너머에 존재하는 노마드를 향한 갈망이었다. 하지만 여행자의 삶은 영원히 지속될 수 없는 법이다. 결국 언젠가 여행에서 돌아와야 하고, 바로 그곳에 일상은 언제나처럼 견고하게 버티고 서 있기 마련이다. 그런 점에서 우리의 삶은 일상으로부터 벗어나려는 매 순간으로 이루어진 것이면서 동시에 일상으로부터 벗어날 수 없는 것이기도 하다. 그동안 내가 경험했던 길 위의 삶은 흥분과 설렘의 순간이기도 했지만 불안과 초조의 감정이기도 했다. 그 이유는 여행이 언제나 비극적인 일상으로 돌아와야 한다는 점을 전제로 하기 때문이다.

현대를 사는 우리의 삶과 세계는 비극적 세계관 속에 자리하게 되었다. 이제 우리의 삶과 세계에 모든 긍정의 요소는 없어진 것만 같다. 물론 현대문명사회에도 긍정과 쾌락이 존재하지만, 사실 그것 역시 우리 삶과 세계의 비극성을 감추기 위한 가면에 불과한 것이다. 때문에 우리는 이러한 비극적 세계 속에 살면서 언제나 긍정의 세계를 갈망한다. 이때 가장 손쉽게 비극을 벗어날 방법이 바로 여행이다. 여행은 일상으로 돌아와야 한다는 것을 전제로 하기 때문에 불안과 초조의 감정을 동시에 가질 수밖에 없지만, 그럼에도 불구하고 여행은 삶의 희망을 충전할 수 있는 매우 효과적인 방법이다. 그런 이유 때문에 우리는 늘 어딘가로 떠나기를 희망하는 것이리라.

특히 떠나는 장소가 일반적인 곳이 아닐 때 설렘은 더욱 애틋하게 다가온다. 더구나 극지의 세계로 떠나는 여행은 우리 안에 내재한 원시성을 자극하는 것이기 때문에 우리의 감성을 강렬하게 흔들어놓을 수밖에 없다. 알래스카로 떠난다는 것은 그런 점에서 놀라운 감동이자 흥분이며 열정이자 환희이다. 물론 알래스카가 오지를 탐험하는 것처럼 가기 힘들거나 고생스러운 여행지는 아니다. 알래스카가 원시와 극의 서사를 지니고 있는 곳이기는 하지만 문명의 손길 역시 많이 닿은 곳이어서 갈 수 없는 미지만은 아닌 것이다. 시애틀 등을 거쳐 가는 길이 경유 시간을

포함하여 스무 시간 가까이 걸리는, 쉽지 않은 것이기는 하지만 그렇다고 다른 여행지보다 특별히 어렵거나 힘든 여정 역시 아니다. 특히 일 년에 2~3회 정도 취항하는 직항 특별편을 이용하면 8시간이면 가 닿을 수 있는 곳이기도 하다. 대한항공에서 운영하는 직항 특별편은 보통 7월 말에서 8월 초에 편성된다.

그럼에도 불구하고 알래스카가 쉽게 접근할 수 없는 여행지임은 분명하다. 그것은 단순히 비용이나 여정의 문제만은 아니다. 알래스카 여행이 여타 지역의 여행보다 상대적으로 많은 비용과 시간이 드는 것은 사실이지만, 감당할 수 없을 정도의 비용이 소요되는 것이 아닐 뿐만 아니라 일주일 내외의 여행 기간 역시 다른 여행지에서의 일정과 다르지 않기 때문이다. 하지만 알래스카로의 여행을 마음먹기는 결코 쉽지 않은 일이다. 일반적으로 알래스카 여행을 쉽게 실행하지 못하는 이유는 상대적으로 부담스러운 거리와 비용의 문제도 있겠지만 무엇보다도 심리적인 거리감 때문일 것이다. 알래스카는 분명 비슷한 시간과 노력이 필요한 유럽의 여행지와는 다른 거리감을 지니고 있다.

우리는 알래스카를 우리가 살고 있는 일상적 공간과 너무나 다른 곳이라고 생각한다. 그리하여 그곳을 우리 삶과 동떨어진 어느 곳으로 인식하게 된다. 여행을 떠난다는 것은 일상을 벗어나기 위한 것이다. 그러나 일상으로부터 너무나 멀리 떨어진 것만 같은 알래스카는 오히려 그런 이유에서 우리의 마음속으로 선뜻 잠입할 수 없는 것이다. 그곳은 문명과 일정한 거리를 두고 있는 곳이며 극이라는, 인간이 가 닿기 힘든 미지의 영역이다. 알래스카는 인간의 삶과 일정한 거리를 둔, 인간의 삶이 끼어들 수 없는 세계로 느끼기 쉽다. 알래스카 여행을 실행에 옮기는 사람들이 많지 않은 이유는 바로 그러한 거리감으로 인한 것일지도 모른다.

그러나 다르게 생각해보면 우리의 삶과 거리가 느껴지는 미지의 영역이기 때문에 오히려 알래스카에 대한 갈망은 더욱 커지는지도 모른다. 그렇기 때문에 알래스카행을 쉽게 실천에 옮기지는 못하더라도, 마음 한편에 알래스카와 같은 신비를 늘 담아두고 사는 것일지도 모른다. 생각해보면 쉽게 떠날 수 있는 곳이 아니어서 오히려 마음속에 담아두고 있는 여행지가 얼마나 많은가. 내가 시베리아나 그린란드 혹은 남극을 꿈꾸는 것 역시 이와 같은 미지의 서사에 대한 환상과 갈망 때문일 것이다. 알래스카 역시 문명화된 부분이 많은 곳이지만 여전히 원시의 자연이 가득한 곳이다. 특히 북극권을 품고 있다는 점에서 알래스카는 우리가 도달하기 힘든 극의 서사를 끌어안고 있는 곳이기도 하다.

자, 이제 나는 알래스카로 떠나고자 한다. 그리고 이 책을 읽는 여러분 역시 알래스카라는 미지를 따라갈 준비를 마쳤을 것이다. 내가 알래스카로 떠나고자 했던 것은 다름 아닌, 내가 품고 있던 미지와 극의 서사를 오롯이 복원하고 싶은 마음에서였다. 탐험가처럼 설산을 등반하는 여정은 아니지만, 원시의 영역과 극에 대한 갈망을 실현할 수 있다는 점만으로도 알래스카로 떠난다는 것은 나에게 큰 의미를 지니는 것일 수밖에 없다.

일상을 벗어나기 위하여

일상은 무엇인가? 앞에서 말한 것처럼 여행은 일상을 벗어나기 위한 일탈이며 지리멸렬한 삶을 극복하기 위한 간절한 소망의 결과물이다. 그런 만큼 일상은 비극을 전제로 존재하는 것이며, 당연히 우리 삶의 비극적 모습과 맞닿아 있는 것이다. 그런데 한 가지 놀라운 사실은 일상이 19세기 이전에는 존재하지 않았던 개념이라는 점이다. 물론 19세기 이전에도 우리의 삶과 세계는 존재했다. 그런 점에서 19세기 이전에 일상이라는 개념이 존재하지 않았다는 이야기는 의아할 수밖에 없다. 그 시절에도 밥을 먹고 일을 하고 휴식을 취하던 일들이 지금과 다르지 않게 존재했다는 점에서 그런 의문은 당연한 것처럼 보인다.

우리가 일상을 이해하기 위해서는 19세기 이전과 이후의 삶과 세계가 지니는 의미의 차이를 이해해야 한다. 19세기 이전의 세계는 모든 사물과 삶과 세계가 나름의 철학적 의미를 지니고 있는 존재였다. 자연 역시 하나의 세계를 이루며 그 안에 그 어떤 신성을 내재하고 있는 존재였다. 따라서 과거의 예술 작품은 자연의 풍경을 사실적으로 그리는 것만으로도 의미 있는 세계를 제시할 수 있었다. 그런데 19세기 이후에 우리 삶의 모든 것들은 즉물적 가치만을 지니게 되었고, 그러한 상황에서 우리의 삶과 세계는 철학과 신성을 잃어버리고 말았다. 그리하여 우리의 모든 삶과 세계는 무가치한 것으로 전락해버렸다. 바로 이와 같은, 무가치하고 무의미한 삶과 세계가 현대의 일상인데, 일상은 현대의 삶과 세계를 집어삼킨 채 스스로 진화하는 하나의 괴물이 되어갔다.
앙리 르페브르가 이야기한 것처럼, 과거에는 시골의 작은 옷장에도 나름의 양식(Style)이 있었다. 그러나 현대문명사회는 이러한 양식을 잃어버렸고, 무가치하고 무의미한 것들이 우리의 삶과 세계를 지배하게 되었다. 과연 여러분의 삶은 어떠한 가치를 지니고 있는가? 직장에서 일하고 퇴근을 하여 피곤에 지친 몸을 이끌고 집으로 돌아오는 삶의 반복. 모든 것들은 즉물적인 것으로 인식되고 인간 고유의 삶과 세계는 의미없는 세계로 전락해버린 삶. 그것이 바로 우리가 살고 있는 삶과 세계의 본질이며, 그것이 일상의 실체이다. 그런 점에서 현대의 우리 삶은 무가치하고 무의미한 것일 수밖에 없으며, 그런 세계 속에서 우리는 삶의 가치를 찾을 수 없게 된 것이다.
우리는 바로 이와 같은, 무가치하고 무의미한 일상 속에 살고 있기 때문에 더욱 강렬하게 일상에서 벗어나기를 갈망하는 것이다. 하지만 일상에 점령당한 삶과 세계 속에서 일상을 벗어나는 것은 불가능에 가까운 일이다. 우리는 이러한 일상에 고통받게 될 때 여행을 꿈꾸고, 여행을 통해 일상을 벗어나고자 한다. 하지만 여행에서 돌아오는 순간 일상은 또다시 우리 앞에 거대한 산처럼 모습을 드러낸다. 우리는 결코 일상을 벗어날 수 없다. 프로이드가 "욕망을 벗어나는 방법은 죽음뿐"이라고 말한 것처럼, 일상 역시 죽음 이전에 그것을 벗어나는 것은 불가능에 가까운 일이다. 우리가 끊임없이 여행을 꿈꾸는 것도 결국 이러한 일상을 벗어나기 위한 처연한 몸부림일 것이다.

알래스카는 여러 면에서 일상과 거리를 두고 있는 곳이라는 느낌이 강하다. 알래스카 역시 문명의 손길로부터 완전히 벗어난 곳은 아니지만 원시의 자연과 삶이 여전히 강하게 남아 있는 곳이라는 점에서 현대의 삶과 일정 부분 동떨어진 지점이 있기 때문이다. 따라서 알래스카는 일상을 벗어나고자 하는 이들에게 무수히 많은 상징을 보여주는 미지이다. 알래스카는 앵커리지와 페어뱅크스 인근을 제외하면 여전히 우리에게 알려진 바가 별로 없는 신비의 장소이며, 수많은 지역이 여전히 인간의 발길을 쉽게 허락하지 않는 곳이기도 하다. 그런 만큼 알래스카는 심정적 거리감이 그 어느 곳보다 먼 곳이기도 한데, 그 이유로 인해 알래스카로의 여행을 꿈꾸는 것은 그리 쉽지 않다. 하지만 반대로 미지의 영역이기 때문에, 그리고 그런 이유로 인해 사람들의 방문이 잦지 않기 때문에 알래스카는 한 번쯤 여행하기를 간절히 소망하는 공간이기도 하다.

내가 큰 고민 없이 알래스카행을 결심한 것 역시 일상으로부터 벗어나고자 하는 마음이 가장 크게 작용했다. 일상에서 벗어나 지긋지긋하고 무기력한 삶으로부터 놓이길 간절히 소망한 마음의 끝에 알래스카행을 결심했다. 인간의 삶으로부터 일정한 거리를 두고 있는 공간. 나는 그러한 공간에 갈 수 있기를 오래도록 꿈꿔왔기에 한 번의 망설임도 없이 그곳으로 떠나기로 마음먹었다. 나는 끝도 없이 펼쳐진 자작나무 숲과 가문비나무 숲의 어둠과 원시를 떠올렸고, 몽롱하게 펼쳐진 백야의 신비와 몽환을 상상했다. 그곳은 사람의 자취보다 원시 자연의 서사가 먼저 떠오르는 곳이었으므로 일상의 고단함을 잊고자 하는 나의 마음을 단박에 사로잡았다. 빙하와 만년설의 대륙이라니! 불과 100여 년 전만 하더라도 인간의 발자국을 허락하지 않았던 북극점에 한 걸음 가까이 다가선 곳이라니!

알래스카 역시 사람이 사는 곳이어서 앵커리지나 페어뱅크스 같은 큰 규모의 도시가 존재하지만, 알래스카는 여전히 인간의 발길을 쉽게 허락하지 않는다. 알래스카의 자연은 그런 점에서 19세기 이전의 자연이 보여주었던 신성을 지금도 지니고 있는 것만 같다. 따라서 알래스카로 떠난다는 것은 그 자체로 일상을 벗어나는 행위이고 삶의 본질과 가장 가까이 다가설 기회이기도 하다. 알래스카로 떠나기로 결심할 무렵, 나는 한국에서의 여러 일로 지쳐 있었다. 대학 안팎에서 진행하고 있는 이런저런 강의에 지쳐 있었고, 강의를 하며 사는 삶의 불안정함에 고단함을 느끼고 있었으며 시를 비롯한 여러 원고 집필로 힘든 상태였다. 무엇보다도 삶의 비루함과 지리멸렬함이 못 견디게 힘들었기 때문에 그것을 이겨낼 해빙구가 필요했다.

첫!

인천공항에서 시애틀행 비행기 탑승권과 알래스카 앵커리지행 환승 탑승권을 발권했다. 공항에 나온 수많은 여행자 중에 시애틀에서 환승하여 나와 함께 알래스카행 비행기에 탑승할 사람은 거의 없을 것이란 생각이 들었다. 그러자 불현듯 나 혼자 이곳에 오롯이 남겨진 건 아닐까 하는 마음에 사로잡히기도 했다. 그래, 수많은 사람 중에서 알래스카까지 갈 사람은 아마 많지 않을 것이다. 아니, 알래스카에 가는 사람은 나 이외에는 없을지도 모른다. 이제 나는 홀로 긴 여정을 떠나려 한다. 그곳에 무엇이 있는지 알지도 못한 채, 먼저 여행한 누군가의 조언도 듣지 못한 채 나는 낯선 미지로 향하려 하는 것이다.
그런데 출발의 관문인 비행기 탑승권 발권부터 문제가 발생했다. 환승 시간 때문에 발권이 지연되었는데, 항공사 내부 규정상 시애틀 공항에서의 최소 환승 시간은 3시간 30분 이상인데 내가 예약한 탑승권은 환승 시간이 3시간에 불과했다. 카운터 직원이 어딘가로 전화를 하고 나서야 발권을 진행할 수 있었다. 약간의 불안한 마음이 들었지만 3시간의 환승 시간이 적은 시간도 아닌데 무슨 일이 있겠냐고 생각하며 불안감을 애써 잠재웠다. 이후 시애틀까지의 비행은 특별할 것도 없는 여정이었다. 나는 시애틀까지의 10시간 동안 자다 깨다를 반복하며 꿈인 듯 아닌 듯 펼쳐지는, 알래스카라는 신비와 몽환에 취해 있었다.

비행기는 10시간의 비행 끝에 시애틀에 안착했다. 천천히 탑승동으로 향하는 비행기에서 바라본 시애틀의 날씨는 나의 여정을 축복이라도 하는 듯 맑게 갠 하늘과 햇살을 눈부시게 펼쳐 보이고 있었다. 비행기가 시애틀에 도착하자 문득 이제부터 진짜 여정이 시작되었다는 생각이 들었다. 이제 곧, 3시간의 환승과 3시간 30분의 비행 뒤에 알래스카에 당도할 것이다. 아니, 시애틀을 이륙하는 순간 알래스카로의 여정은 이미 시작되는 것이리라. 목적지로 향하는 비행에 접어드는 순간 여행은 최초의 순간을 맞이하게 된다. 그런 점에서 여행은 목적지에 도착한 이후에 시작되는 것이 아니라 목적지로 떠나는 순간 시작되는 것이다. 다만 이번 여행은 인천공항을 떠날 때보다 시애틀에서 환승하여 알래스카로의 비행을 시작했을 때에야 비로소 알래스카 여행이 시작된 것 같은 느낌이 들었다. 우리가 살고 있는 곳을 떠난다는 것은 일상을 벗어나는 것을 의미하는 것이다. 지상을 이륙하여 일상으로부터 벗어나는 순간, 여행이라는 비일상의 세계는 우리의 모든 삶을 감싸 안는다. 지상을 이륙해 모든 일상과 이별하는 순간 여행이 시작되는 것이다.

시애틀 공항에서 앵커리지행 비행기로 환승하기 위해 환승 터미널로 향했다. 하지만 환승 터미널과 연결된 복도까지 수많은 사람들로 붐비고 있었다. 비행기에서 한꺼번에 쏟아진 사람들은 많은데 환승 수속은 더디기만 했다. 그때 인천공항에서 알게 된 최소 환승 시간이 불현듯 떠올라 불안한 마음이 들었지만 이스타 수속만 하고 출입국 직원에게 수속을

TICKET

밟는 것이 아니기 때문에 괜찮을 듯싶었다. 하지만 어쩐 일인지 이스타 수속을 마친 사람 중에 어느 사람은 바로 환승 터미널로 갈 수 있게 하는 반면, 어느 사람에게는 다시 출입국 직원에게 가서 수속을 밟으라고 했다. 눈에 보이는 특별한 이유가 있어서 그러는 것도 아니었다. 일행이 똑같이 이스타 등록을 한 경우에도 일행 중 일부는 알 수 없는 이유로 출입국 직원에게 다시 수속을 하기도 했다. 나 역시 이스타를 등록한 여권 스캔을 마쳤지만 공항 직원의 손짓에 출입국 직원에게 다시 한 번 수속을 밟게 되었다.

그 사이에 비행기 출발 시간은 점점 다가왔고, 막연한 불안감은 이내 초조함의 감정으로 바뀌었다. 환승 수속 줄은 좀처럼 줄어들 기미가 없었지만 무작정 기다리는 것 이외에 특별한 방법도 없었다. 겨우 환승 수속을 마치고 환승 터미널로 나왔지만 알래스카행 비행기에 탑승하기 위해서는 공항 트레인을 무려 3번이나 타야 했다. 다행히 비행기 출발 이십여 분 전에 알래스카행 비행기에 탑승할 수 있었다. 내가 탑승한 이후에도 승객들은 계속해서 들어왔다. 심지어 출발 직전에 아슬아슬하게 탑승한 승객도 적지 않았다. 우여곡절 끝에 비행기는 정시에 시애틀에서 출발하여 알래스카를 향해 날아올랐다.

인천공항에서 시애틀까지 갈 때는 알래스카로 여행을 떠난다는 것을 그저 막연하게 느꼈던 것 같다. 그런데 시애틀 공항에서 알래스카 항공의 비행기로 환승하자 내가 알래스카로 가고 있다는 것을 비로소 실감하게 되었다. 승객 중에 한국인을 포함한 동양인은 나 이외에 아무도 없었다. 철저히 이방인이 된 듯한 느낌과 함께 비로소 내가 딛고 있던 일상으로부터 멀리 떠나왔다는 생각이 나의 온몸을 휘감았다. 인천공항에서 시애틀로, 다시 시애틀에서 알래스카로 향하는 시간은 길고 지루했다. 잠을 자다 깨다를 반복하며 나는 꿈인 듯 아닌 듯, 북극권의 빙하와 만년설로 뒤덮인 풍경의 한가운데를 날아가고 있었다. 아무도 보이지 않았고 그 어떤 인공 구조물도 없는 원시 자연 그대로의 공간에서 나는 아무 말도, 아무 생각도 할 수 없었다. 그곳에서 나는 홀로 외로웠지만 일상이 존재하지 않는 곳에서 느끼는 충만한 행복은 너무나 큰 감동으로 다가왔다. 알래스카! 내게 알래스카로 떠난다는 것은 모든 일상으로부터 벗어날 수 있음을 의미하는, 그 어떤 자유와 해방을 의미하는 것이었다.

앵커리지 항공의 비행기 꼬리 날개에는 알래스카 원주민의 얼굴이 그려져 있다. 처음에는 그것이 원주민 중 역사적인 인물인가 싶었는데 현지인에게 물어보니 가장 평균적인 알래스카 원주민의 얼굴을 형상화한 것이라고 했다. 알래스카 항공의 원주민 얼굴 그림은 그곳이 애초에 백인의 땅이 아니라 북아메리카 원주민의 땅임을 분명하게 말하고 있는 듯했다. 나는 시애틀 공항에서 원주민 그림이 그려진 알래스카 항공의 비행기를 보았을 때, 비로소 북극권이라는 특별한 세계를 향해 가고 있다는 것을 실감했다. 그것은 마치 과거를 거슬러 현대 이전의 어느 시점으로 돌아가는 듯한 느낌이기도 했다. 비행기를 타고 날아올라 단순히 알래스카라는 장소에 가는 것이 아니라, 과거로 회귀하여 다른 시간에 잠입하는 것만 같은 느낌을 받았던 것이다.

시애틀을 이륙한 비행기는 캐나다를 지나 알래스카에 도착할 것이다. 3시간 30분의 비행시간을 결코 짧다고 할 수만은 없겠지만, 10시간의 비행과 3시간의 환승 시간 뒤에 맞이한 순간이라 그 시간이 짧게만 느껴졌다. 아니 알래스카까지의 3시간 30분이 짧게 느껴진 것은 비로소 낯선 미지에 성큼 다가섰다는 설렘 때문이라는 것이 정확한 이유일 것이다. 기내에 나 이외의 동양인은 보이지 않았다. 시애틀 공항에서 보았던 수많은 한국인과 동양인은 어디론가 모두 사라지고 알래스카행 비행기에 나만 홀로 남겨진 것 같았다. 그것은 알래스카가 그만큼 낯설고 먼 곳이라는 반증일 것이다. 다른 승객이 나를 특별한 눈으로 바라본 것은 아니지만, 나는 그들 사이에 낯선 이국처럼 섞여 하염없이 비행기의 창문 밖을 바라보기만 했다. 창밖으로는 캐나다의 설산과 바다가 펼쳐져 있었다. 저 너머에 오로라의 성지 옐로우나이프가 있을 것이고, 북쪽을 향해 더 날아가면 앵커리지와 페어뱅크스가 자리한 극의 서사가 나타날 것이다. 그리하여 이제 곧 도착하겠지. 이제 곧, 내가 그토록 갈망했던 극의 서사가 있는 그곳에 도착하겠지.

비행기가 알래스카 상공에 진입했을 때의 흥분과 떨림은 여전히 나의 마음을 사로잡고 놓아주질 않는다. 그 순간을 생각하면 지금도 언제나

04
03
spirit
N237AK

D1
Alaska

처음인 듯 전율과 설렘의 감정이 온몸을 휩싸곤 한다. 지상에 펼쳐진 미지의 대륙. 그곳에는 만년설로 뒤덮인 설산이 지상 가득 펼쳐져 있었다. 만년설의 흰빛과 지상의 푸른빛이 어우러진 알래스카는 그 어떤 신비와 경이처럼 내 앞에 당도해 있었다. 푸른빛은 묘하게 일렁였고 순백의 설산은 비현실의 감각처럼 알래스카라는 환영을 눈앞에 펼쳐놓았다.
눈앞에 펼쳐진 알래스카는 실재하는 곳이었지만 그것이 품고 있는 것들이 무엇일지는 짐작조차 할 수 없었다. 물론 그곳에 자작나무와 가문비나무가 가득 펼쳐진 광활함이 있고, 빙하와 설산과 맑은 강이 있다는 것을 모르는 것은 아니었지만 온통 흰빛과 푸른빛의 신비가 안개처럼 펼쳐져 있는 지상이 왠지 비현실적인 감각처럼 느껴졌다. 비행기를 타고 오며 꿈인 듯 아닌 듯 느꼈던 것처럼, 알래스카는 현실과 비현실의 경계가 어디인지 알 수 없는 모습으로 나의 첫 시선을 사로잡고 놓아주지를 않았다.

노마드

극에 대한 갈망과 환상은 노마드와 깊은 관계를 맺고 있다. 알래스카로 떠난다는 것 역시 이와 같은 노마드의 의미와 감각을 가지고 있는 것이다. 인류가 정착하게 된 뒤로 우리의 삶은 풍요와 안정을 얻었지만, 한 곳에 머물게 된 우리의 삶은 반대로 떠날 수 없음을 늘 그리워하게 되었다.

우리의 삶은 그리하여 풍요와 안정 속에서도 지루한 삶으로부터 벗어나기를 꿈꾸게 되었다. 하지만 현대라는 세계는 미지와 축제와 모험을 잃어버림으로써 우리의 삶을 무미건조한 나락으로 떨어지게 했다. 그 이후의 우리 삶은 언제나 미지와 축제와 모험을 꿈꾸게 되었지만, 우리가 살고 있는 비극적 세계에서 그러한 것들은 이미 사라졌거나 너무나 먼 곳으로 가버리고 말았다.

아문센과 피어리가 남극점과 북극점을 탐험하는 등 인류의 발길이 닿지 않은 곳은 이제 찾기 어려울 정도이다. 인류가 탐험의 대상으로 삼을 만한 미지의 영역이 사라졌다는 것은 단순히 개척지가 없어졌다는 것을 의미하지 않는다. 그것은 미지를 향한 인류의 꿈과 도전이 갈 곳을 잃었다는 것을 의미하는 것이기도 하다. 그리고 인류의 꿈과 도전이 갈 곳을 잃었다는 것은 우리의 삶이 참을 수 없는 비극 속으로 전락했다는 것을 의미하는 것이기도 하다. 그런 점에서 현대인들은 늘 어딘가로 떠나기를 희망한다. 우리는 일상으로부터 최대한 먼 곳으로 떠남으로써 오래전에 우리가 잃어버린 미지에 대한 갈증을 채우고 싶어 한다.

하지만 일반적인 여행자가 완전한 미지로 떠난다는 것은 불가능에 가까운 일이다. 우리가 한겨울의 북극해를, 남극점을, 사람의 손길이 닿은 적 없는 아마존의 밀림을 탐험할 가능성은 안타깝지만 그리 높지 않다. 어쩌면 그러한 사실을 알기에 우리는 더욱 강렬하게 노마드의 세계에 가닿고자 하는지도 모른다. 나는 우리의 유전자에 오래전에 잊힌 유목의 그날이 음각되어 있다고 생각한다. 고단한 삶이었을 테지만 새로운 미지를 향해 나아가던 그날의 삶은 긍정의 유전자처럼 우리의 삶 속에 단단히 뿌리내리고 있을 것이다. 하지만 결과적으로 인류는 노마드의 삶 대신 풍요와 안정을 택했고, 우리는 그 안에 안주하면서도 노마드의 삶을 끝없이 갈망하는 존재가 되었다.

생각해보면 우리가 꿈꾸는 미지는 너무나 멀리 있다. 누구나 한 번쯤 그런 미지를 꿈꾸지만 실제로 그곳에 가는 사람은 매우 제한적이다. 그린란드와 남극이 그러하며 아마존과 아프리카의 초원과 사막 등이 그러하다. 그리고 알래스카 역시 그러한 미지의 일부분임에 분명하다. 물론 알래스카의 일부 지역은 위에서 언급한 곳들에 비하여 문명의 손길이 미친 곳이 꽤 있는 편이고, 그런 만큼 마음만 먹으면 어렵지 않게 갈 수 있는 지역이다. 하지만 일부 지역을 제외한 알래스카의 상당수 지역은 여전히 인간의 발길이 쉽게 가닿을 수 없는 곳이기도 하다. 더구나 알래스카가 속해 있는 북극권은 극이라는, 미지의 가장 극한을 품고 있는 곳이기 때문에 미지의 이미지를 더욱 강하게 품고 있다. 따라서 우리가 느끼는 심정적 거리감은 실제의 거리보다 더 멀게만 느껴진다.

이제 곧 그러한 미지의 관문인 앵커리지 공항에 도착한다. 앵커리지 공항의 정식 명칭은 '테드 스티븐스 앵커리지 국제공항'이다. 원래 '앵커리지 국제공항'이었는데 2000년 알래스카에 많은 공을 세운 테드 스티븐스 상원의원의 이름을 따서 '테드 스티븐스 앵커리지 국제공항'으로 이름을 바꾸었다. 앵커리지는 페어뱅크스와 함께 알래스카에서 가장 널리 알려진 도시 중 한 곳이다. 흔히 앵커리지를 알래스카주의 주도로 착각하는 경우가 많은데 알래스카주의 주도는 주노라는 도시이다. 앵커리지는 과거 냉전 시대에 많은 항공사의 기착지 역할을 했다. 그런 이유로 알래스카에서 가장 널리 알려진 도시가 되었다. 앵커리지가 항공사의 주요 기착지가 되었던 이유는 대륙을 오가는 항공기들이 당시에 소련의 영공을 통과할 수 없는 데다가 항공기의 성능이 좋지 않아서 장거리 비행이 쉽지 않았기 때문이었다. 하지만 이후 항공기가 소련의 영공을 통과할 수 있게 되었고 항공기의 성능 역시 개량되어 중간 기착이 필요 없게 되어 기착지로서의 지위를 상실하게 되었다. 현재는 시애틀에서 들어가는 알래스카 항공의 여객기가 알래스카행 항공 노선의 대부분을 차지한다. 특히 동아시아에서 알래스카로 가는 정기 노선은 전무하다. 따라서 우리나라에서 알래스카로 가는 방법은 일 년에 2-3번 운항하는 대한항공 직항 특별편을 제외하고 시애틀 등을 경유하여 알래스카 항공을 이용하는 방법이 보편적이다.

비행기가 알래스카의 설산을 지나 '테드 스티븐스 앵커리지 국제공항'에 도착하자 드디어 알래스카에 왔다는 생각에 몹시 흥분되었다. 다른 여행지에 도착했을 때와는 다른 설렘이 나의 온몸을 휘감고 놓아주지 않는 것만 같았다. 이제 나는 완전히 일상으로부터 벗어난 것인가? 현대인들이 경험하는 디아스포라의 고통과 현대성의 비극으로부터

한걸음 비껴서 있을 수 있게 된 것인가? 비행기가 천천히 여객 터미널로 이동하는 동안 창밖에 펼쳐진 풍경을 살펴보았다. 공항의 풍경이라는 것이 대부분 비슷하지만, 그 어떤 원시성이 대기를 감싸고 있는 것처럼 느껴졌다. 테드 스티븐슨 앵커리지 국제공항 청사는 생각했던 것보다 규모가 컸다. 그것이 왠지 알래스카라는 곳과 어울리지 않는 듯 느껴졌지만, '하늘의 십자로'라고 불렸던 과거의 영광도 그렇거니와 오늘날 화물기의 허브 공항 역할을 한다는 점을 생각하면 당연한 규모일 것이다. 앵커리지 공항이 다른 공항과 다른 점은 북극권에 살고 있는 동물의 박제가 이곳저곳에 전시되어 있다는 점이다. 여객 터미널에 전시된 북극곰과 북극여우의 박제가 이곳이 알래스카임을 온몸으로 말하고 있는 듯 느껴졌다.

디아스포라

알래스카에 가는 것이 특별한 이유는 그것이 노마드의 실현과 연관을 맺기 때문이다. 그런데 사람들이 노마드를 꿈꾸는 것은 노마드 자체에 대한 갈망 때문이기도 하지만 디아스포라의 비극 때문이기도 하다. 인류가 정착하여 농사를 짓고 가축을 기른 이래 우리는 정주의 삶을 살고 있다. 하지만 현대인들의 정주는 더 이상 고향에 뿌리내리고 사는 것과 같은 긍정을 의미하지 않는다. 현대인들의 정주는 고향을 잃어버린 채 이곳저곳을 부유하는 고통스런 심정이라는 점에서, 그리고 모든 축제와 미지와 모험을 잃어버렸다는 점에서 과거와 같은 의미를 지니지 못한다. 현대인들은 정주의 삶을 영위하게 되었음에도 불구하고, 문명과 속도의 세계 속에서 끝도 없이 부유하는 삶을 살게 되었다. 그들은 일정한 거주지를 중심으로 삶의 영역을 만들지만 그곳은 더 이상 과거의 고향과 같은 마음의 거처가 되지 못한다. 이제 우리에게 남은 것은 거주지라는 무미건조한 삶의 거처일 뿐이다. 당연히 그런 곳에서 우리의 정처 없음은 노마드가 아닌 디아스포라일 수밖에 없다. 디아스포라의 삶은 삶의 거처를 잃어버린 현대인의 모습 그 자체인 것이다.

도시의 거리를 걸으며, 늦은 밤 빌딩 숲의 창백한 불빛을 보며 우리는 어디로 가려 하는가? 물질적 풍요 속에 만족하며 살아가는 우리들의 삶은 과연 행복한가? 그리고 현대의 비극을 끝도 없이 서성여야만 하는 디아스포라의 삶은 또 얼마나 불행한가? 우리는 스스로 자신의 삶에 어떤 질문을 던질 수 있는가? 나는 우리의 삶에 대하여 스스로에게 많은 질문을 던지고 싶다. 당신이 문득 디아스포라의 비극 속에 있음을 깨닫고 슬퍼진다면 이토록 비극적인 일상의 실체를 다시 한 번 바라보고 삶을 고민해야 할 것이다. 알래스카로 떠난 여행은 그러한 고민의 결과물이었다. 그런 고민의 끝에 북극성처럼 불 밝히고 있는 알래스카가 있었다. 물론 알래스카가 모든 비극의 반대 지점을 의미하는 것은 아닐 것이다.

하지만 나는 그곳에 간다. 그곳에 내가 그토록 갈망하는 최소한의 노마드가 있을 것이라고 믿기 때문이다. 그렇기 때문에 나는 그곳을 꿈꾸고, 그것을 실천하고자 했던 것이다. 내 마음의 시원이 있는 원시의 미지를 말이다.

두 번째 미지:
백야, 저물지 않는 어둠과 몽환의 순간

어둠이 장악하지 못한 밤

어둠이 장악하지 못한 밤이었다. 밤의 시간 속으로 어둠은 온전히 제 모습을 드러내지 못하고 공중의 이곳저곳을 어슬렁거리고 있었다. 어둠이 몰려오지 못한 공중은 마치 형체를 잃어가는 사물들처럼 희뿌옇게 빛을 산란시키고 있었다. 시애틀을 떠난 비행기는 3시간 30분의 비행을 마치고 '테드 스티븐스 앵커리지 국제공항'에 도착했다. 언제나 그렇듯 이국의 낯선 도시에 도착한다는 것은 두근거리는 설렘과 흥분 그리고 불안과 초조라는 양가적 감정을 들게 하는 것이다. 물론 여행자가 느끼는 불안과 초조가 일반적인 의미로서의 그것과 같을 수는 없겠지만 낯선 곳에서 느끼는 미묘한 감정의 파동은 어떠한 의미로든 불안과 초조를 지니고 있을 수밖에 없다.

알래스카에서 처음 맞닥뜨린 신비는 다름 아닌 백야였다. 빙하와 만년설, 자작나무와 가문비나무가 펼쳐진 지평선을 마주하기 전에 처음으로 내 마음을 사로잡은 것은 빛의 밤인 백야였다. 앵커리지 국제공항에 도착한 시간은 어둠이 몰려와야 했을 때였지만 저물녘의 빛은 밤이 되어도 여전히 물러가지 않고 공중 가득 펼쳐져 있었다. 시간을 확인하지 않았더라면 내가 당도한 시간이 밤이 몰려왔어야 할 때라는 것을 눈치채지 못했을지도 모른다. 그것은 어둠 속의 빛인지, 빛의 어둠인지조차 가늠할 수 없는 모호한 시공간을 내 앞에 펼쳐놓고 있었다. 여름의 알래스카는 백야와 함께 시작된다. 겨울의 알래스카가 흑야와 오로라의 매혹이라면 여름의 알래스카는 백야의 매혹이 밤을 지배하며 사람들을 몽롱한 빛의 시간 속으로 빠져들게 한다.

백야의 시작과 함께 알래스카에도 봄과 여름은 펼쳐진다. 백야 기간과 맞물리는 6월부터 8월까지의 기간은 알래스카를 여행하기에 가장 좋은 계절이다. 물론 폭설과 오로라가 펼쳐지는 한겨울의 알래스카도 매혹적이지만 알래스카 여행의 성수기는 바로 이때이다. 알래스카의 여름이 시작되면 놀랍게도 원색의 꽃과 초록의 나무가 알래스카의 지상을 장악한다. 많은 사람들은 알래스카를 겨울이라는 하나의 계절만을 품고 있는 곳으로 생각한다. 그러나 알래스카에도 봄이 오고 여름이 오고 가을이 펼쳐진다. 알래스카 여름의 평균 기온은 영상 16도 정도로 선선하다. 우리나라 가을 정도의 날씨이니 알래스카의 여름은 여행하기에 더할 나위 없이 좋은 계절이기도 하다. 특히 알래스카의 여름은 꽃과 나무와 함께 빙하와 만년설을 함께 볼 수 있다는 점에서 특별하다.
알래스카 사람들은 따뜻한 이 시기에 늦은 밤까지 연어 낚시를 하기도 하고 호수에서 수영을 하기도 하며 짧은 여름을 마음껏 즐긴다. 청정한 자연을 품고 있는 곳이니만큼 어느 곳에서든 한껏 자연을 즐길 수 있는데, 도시 한가운데를 흐르는 강에서도 연어 낚시가 가능하다. 내가 앵커리지 도심의 강변을 산책할 때에도 많은 사람들이 연어낚시를 즐기고 있었다. 때 묻지 않은 알래스카의 자연을 즐기기에 여름은 짧고 그런 만큼 아쉬움은 깊어만 간다. 알래스카 사람들은 긴 겨울을 견디고 난 이후에 짧은 여름을 마음껏 즐긴다고 한다. 추위와 어둠 속에 움츠러든 마음을 백야의 여름에 풀어놓는 것이다.

3시간 30분의 비행을 마지막으로 알래스카에 첫발을 들여놓자 선선한 공기가 원시의 깨끗함처럼 몰려왔다. 알래스카로 떠나기 전, 한국에서 견뎌야 했던 무더위 속의 공기와는 차원이 다른 질감이었다. 숨이 턱까지 차오르는 무더운 여름의 한국과 서늘한 알래스카의 계절이 같은 시간을 관통하여 지나고 있다는 사실이 믿기지 않을 정도였다. 하지만 알래스카도 여름이어서 우리가 알래스카 하면 쉽게 떠올리는 추위는 전혀 느낄 수 없었다. 생각보다 꽤 큰 규모의 공항 터미널을 지나 숙소로 출발했다. 앵커리지는 미국의 여느 도시와 크게 다르지 않은 모습이었다. 높지 않은 건물들과 거리의 모습이 무척이나 익숙한 느낌으로 다가왔다. 그러나 곳곳에서 마주한 푸른 숲의 모습은 내가 자연의 한가운데 들어와 있다는 느낌을 주기에 충분했다. 그것은 미국 본토 서부 지역의 황량함을 압도하는, 자연의 경이와 시원의 감각이었다. 자연의 평화로운 고요와 안식. 앵커리지의 '처음'은 그렇게 내 마음속에 들어서기 시작했다.
앵커리지에 도착해 숙소로 가는 길에 연어낚시를 하는 사람들을 보았다. 앵커리지 도심을 흐르는 강에 여러 명의 연어 낚시꾼이 낚싯대를 드리우고 있었다. 깊은 밤을 향해 가는 시간이었는데도 그들은 피곤한 기색도 없이 낚시에 열중하고 있다. 허리까지 오는 강물에 몸을 맡긴 채 연신 낚싯대를 이리저리 움직이며 낚시를 하는 그들의 모습이 고요한 휴일 오후처럼 평안해 보였다. 바람은 선선하고, 저녁이 강의 저편으로 고요하게 물러섰지만 저물녘의 빛은 아직도 강변을 환하게 비추고 있었다.
하지만 그들도 이제 집으로 돌아가겠지. 저물지 않는 밤을 지나 집으로 돌아가 샤워를 하고 두꺼운 커튼으로 빛의 밤을 가린 채 혼곤한 잠에 빠져들 것이다. 그렇게 앵커리지의 밤이 저문다. 아니, 저물지 않는 밤은 오래도록 몸을 뒤척이며 빛이 물러서지 않은 새벽을 지나 우리 앞에 아침을 펼쳐놓으려 한다.

백야의 낯선 감각

백야의 빛과 어둠은 장소에 따라 다른 느낌을 준다. 하늘이 열려 있는 너른 들판에서는 보다 선명한 빛이 사물의 형체를 분명하게 하고, 산으로 둘러싸인 곳처럼 하늘이 닫힌 곳의 백야는 어둠이 좀 더 강하게 공중을 지배한다. 같은 시간의 빛과 어둠이지만 하늘이 얼마만큼 열리냐에 따라 빛은 서로 다른 강도와 감각으로 우리에게 다가온다. 어슴푸레 펼쳐진 자작나무 숲의 빛과 어둠을 지나칠 때, 그것은 마치 몽환처럼 우리의 무의식을 자극하며 하나의 환영이 되기에 이른다. 멀리 지평선이 시야에 들어오지만 그것이 하늘인지 지상인지, 경계는 '개와 늑대의 시간'처럼 빛과 어둠을 풀어 모호한 풍경을 만든다.

'개와 늑대의 시간'처럼 지나가는 백야의 풍경 속에서 자작나무 숲은 초점이 맞지 않은 흑백사진처럼 우리 앞에 그 모습을 드러내곤 하였다. 자동차를 타고 빠르게 스쳐 지나가는 백야의 빛과 어둠은 마치 거대하게 인화한 흑백사진처럼 우리의 의식을 압도했다. 그러나 흑백의 영상처럼 스쳐 지나가는 자작나무 숲의 모습과는 달리 하늘을 어슴푸레하게 뒤덮고 있는 것은 푸른빛이었다. 선명한 푸른빛과는 다른, 마치 안개와 뒤섞인 듯한 푸른색의 빛이 공중을 온통 부유하고 있는 것 같았다.

밤이라는 시간을 지나치는 것에 대해 생각한다. 어둠의 밤을 보내던 때 느꼈던, 밤의 그 어떤 완고함과 단단함에 대해 생각한다. 그리고 지금

눈앞에 펼쳐진, 빛도 아니고 어둠도 아닌 혼곤하고 불투명한 백야에 대해 생각한다. 우리가 일반적으로 맞이하는 밤은 빛을 몰아낸 어둠뿐이므로 그것은 볼 수 없는 두려움과 불안과 초조와도 같은 것이다. 끝을 알 수 없는 터널에 갇힌 것처럼 그 어떤 불안으로 다가오는 느낌. 그리하여 밤의 어둠은 되돌릴 수 없는 불길함처럼 단단하게 우리 앞에 모습을 드러내곤 한다.

그러나 알래스카의 밤은 우리가 지금껏 경험하지 못한 또 다른 밤의 실체를 보여준다. 백야. 그것은 단지 해가 저물지 않는 밤이라는 사전적인 의미로 국한되지 않는다. 백야는 무수히 많은 감각과 감정, 사유와 상징을 통해 우리 앞에 모습을 드러낸다. 백야는 밤이면서 동시에 밤이 아닌 세계이며, 밤이 아닌 듯 밤을 펼쳐놓은 세계이기도 하다. 이러한 모순의 감각을 통해 백야는 우리에게 특별한 의미의 시간으로 다가온다. 빛의 밤. 모순으로 가득한 밤의 시간을 마주하게 되면 어느 것이 진짜 밤일까라는 생각마저 들고는 한다. 하지만 어느 밤을 진실이라고 말할 수는 없을 것이다. 어둠으로 가득한 밤이 진짜 밤이라는 생각은 사실 하나의 입장만을 반영한, 지극히 일방적인 것일 수 있다. 모든 것이 상대적인 것처럼, 우리가 밤이라고 믿었던 어둠은 사실 밤의 일부에 지나지 않는 것이리라. 생각해보면 빛의 밤이, 밤이 아닐 이유는 그 어디에도 없다.

백야는 우리의 고정관념을 일거에 무너뜨리며 기이하고 환상적인, 빛나는 밤이라는 실체를 우리에게 보여준다. 그것은 명백한 사실이며 실제이다.

알래스카의 자연이 주는 새로움의 감각은 사실 고정관념을 벗어난 지점에 있는 경이로부터 비롯되는 경우가 많다. 백야가 그러하며, 오로라와 빙하와 만년설이 그러하다. 이 모든 것들은 일반적이지 않은 모습으로 다가와 우리에게 낯선 경험을 제시한다. 백야가 특별한 이유도 우리의 의식 속에 있는 밤의 모습과 반대의 이미지를 보여주기 때문이다. 그러나 백야를 경험할 수 있는 장소와 사람들은 매우 제한적이지만, 그리하여 그것을 보편적인 자연 현상이나 삶의 모습이라고 할 수는 없을지도 모르지만 백야가 밤이 아닌 이유는 어느 곳에도 없다.

우리는 직접 경험한 것이거나 보편타당한 것만을 삶의 실체이자 진실이라고 생각하는 경우가 많다. 하지만 이것은 매우 위험한 생각이다. 다수의 경험과 취향이 보다 일반적일 수는 있지만 언제나 그것만이 진실이고 정상인 것은 아니다. 일반적이지 않은 소수의 경험과 취향 역시 존중받아야 되는 중요한 가치이다. 백야라는 낯선 시간 속에서 느끼는 신비로운 경험은 우리가 믿었던 것들이 얼마나 일방적이었는지를 깨닫게 한다. 우리가 보고 듣고 느낀 것은 세계의 일부분일 뿐이며, 그것이 언제나 절대적인 진리이자 진실일 수는 없다.

또한 이토록 낯선 백야는 단순히 빛이 물러서지 않는 시간만을 의미하지 않는다. 물리적인 현상으로서의 백야는 태양의 빛이 사라지지 않은 밤을 의미하는 것이지만, 백야가 지니는 의미는 그러한 단편적인 시간 개념을 넘어서는 것이다. 우리는 아침이 밝아오고 낮의 시간이 가고 저녁과 어둠이 몰려오는 보편적인 시간의 흐름을 하루라고 생각한다. 그러나 백야는 이러한 빛과 어둠의 시간 흐름을 일거에 무너뜨림으로써 우리가 일반적으로 생각하는 시간 개념이 전부가 아님을 보여준다. 백야는 우리에게 시간의 어떤 지점만을 의미하며 다가오지 않는다. 시간을 해체함으로써 백야는 시간을 초월하는 특별한 공간과 경험을 우리에게 전달한다. 백야, 그리하여 그것은 신비이자 몽환이며 우리의 감각을 현실이 아닌 그 어떤 세계로 인도하는 안내자이기도 하다.

앵커리지에서 페어뱅크스 - 백야의 길과 지평선

앵커리지에서 페어뱅크스로 가는 길은 멀었다. 8시간 정도 걸리는 여정이기 때문에 서둘러 길을 나섰어야 했는데 마트에 들러 이런저런 물건을 사느라 출발이 늦어졌다. 특별히 살 것이 있던 것도 아니었지만 앵커리지의 대형 마트에 들러 페어뱅크스로 가는 동안 먹을 음료와 샌드위치 등을 샀다. 앵커리지의 마트는 우리나라의 마트와 다를 바 없었다. 하지만 우리나라를 비롯한 다른 미국 도시의 대형 매장과는 다른 점이 있었는데, 캠핑용품의 종류가 무척 다채롭다는 점과 엄청나게 다양한 종류의 총을 판매하고 있다는 점이었다.
권총부터 사냥용 장총에 이르기까지, 총의 종류는 나의 상상을 초월할 정도로 많았다. 하지만 내가 낯설게 느낀 것은 다양한 종류의 총을

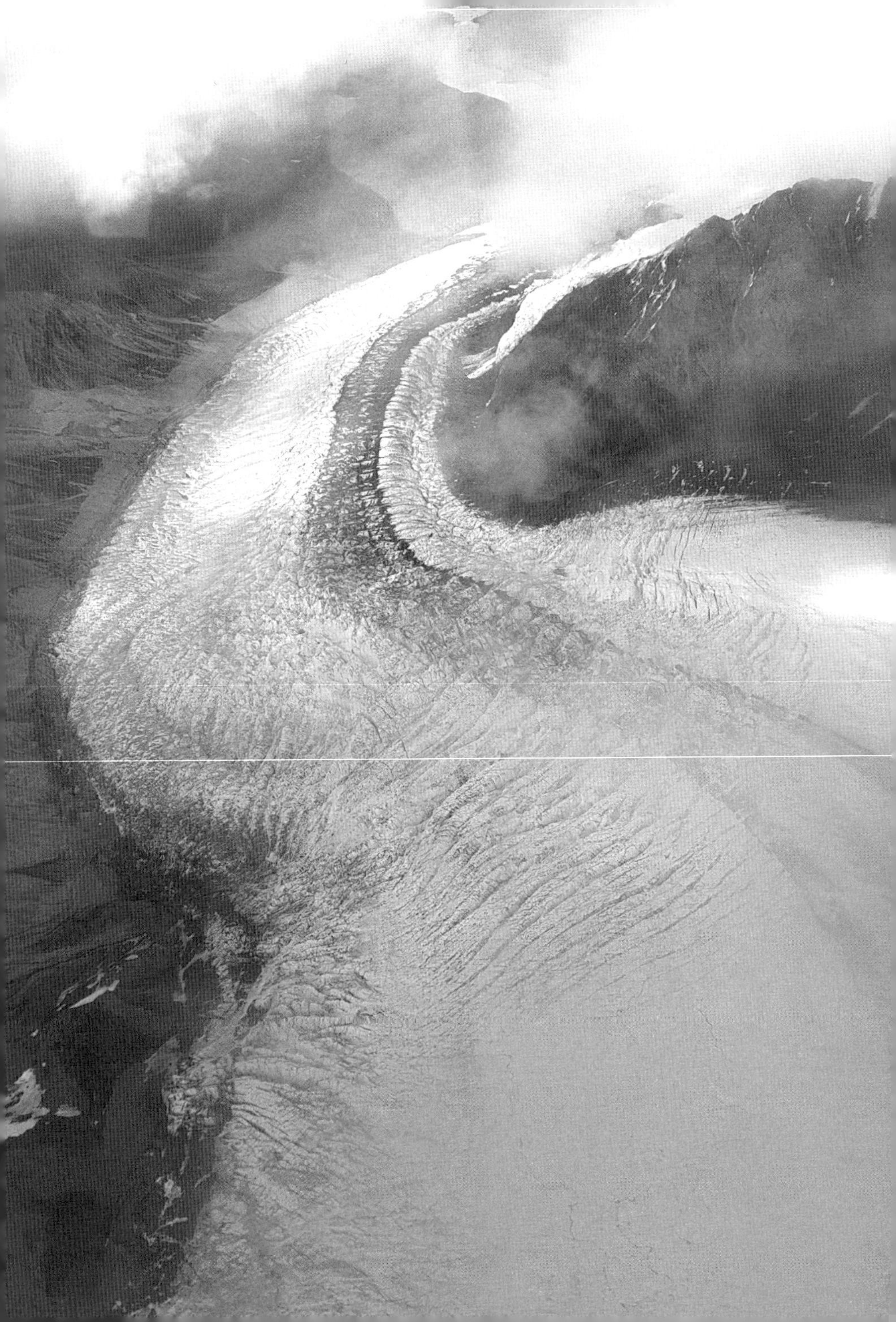

판매한다는 것이 아니었다. 생각해보면 총기 소지가 보편화된 미국에서 총을 판매한다는 것은 이상한 일이 아니지 않는가. 내가 낯선 이물감을 느꼈던 것은 총을 아이들 장난감처럼 진열해놓고 파는 방식이었다. 그들에게 총은 쉽게 접할 수 없는 그 무엇이 아니라 일상생활 한가운데 자연스럽게 접할 수 있는 생필품이라는 생각이 들었다. 그런데 이상하게도 고가의, 그야말로 총 다운 총보다 장난감처럼 작고 가벼운 총을 보았을 때 그 어떤 섬뜩함을 느꼈다. 우리가 흔히 생각하는 총과는 거리가 먼 느낌의 총을 보자 한없이 가벼운 삶과 죽음의 경계가 떠올랐고, 삶과 죽음의 덧없음에 섬뜩함을 느꼈다.

이르지 않은 오전에 출발하여 타키트나를 거쳐 페어뱅크스로 가는 여정이어서 도착 시간이 다소 걱정이 되었다. 타키트나 경비행기 투어 예약까지 해놓은 상황이라 자정 이후에나 페어뱅크스에 도착할 것 같았다. 오전에 출발하여 타키트나에서 데날리(매킨리) 빙하랜딩 투어를 마치자 늦은 점심을 먹을 시간이었다. 타키트나는 데날리(매킨리) 빙하랜딩 투어를 위해 알래스카를 방문하는 대부분의 여행자가 방문하는 곳이다. 타키트나는 작은 규모의 마을이 무척이나 평화롭고 정겨운 느낌이 나는 곳이었다. 나는 여느 여행자들과 마찬가지로 타키트나의 레스토랑에서 맥주를 곁들인 피자와 스파게티로 점심 식사를 했다. 그 이후에 인상적인 빙하랜딩 투어를 마치고 본격적으로 페어뱅크스를 향해 달리기 시작했다.

차창 밖으로 보이는 풍경은 같은 북미 지역에 있는 캐나디안 로키와는 완연히 다른 것이었다. 캐나디안 로키가 식물 생장선의 극명한 대비를 보여주는 높이의 아름다움이라면, 알래스카는 광활한 들판이 보여주는 넓이의 아름다움이었다. 두 곳 모두 자연의 경이를 마주할 수 있는 곳이라는 점은 같다. 하지만 캐나디안 로키의 숲과 빙하호의 아름다운 색감의 경우 환상적인 느낌이 강하게 드는 반면, 알래스카의 숲과 들판과 빙하와 강물은 거친 느낌이 더 강렬했다. 알래스카의 숲과 들판과 빙하와 강물 역시 초록과 흰색이 전달하는 아름다움이 있지만 전반적으로 무채색의 거친 감각이 더욱 강하게 다가왔다. 특히 알래스카의 거칠게 흐르는 무채색의 강물은 로키산맥의 정적인 호수의 화려함에 비해 원시성을 더 강하게 지니고 있었다. 그런 점에서 앵커리지에서 페어뱅크스로 가는 여정은 바로 그러한 원시의 자연과 정면으로 마주하는 것이기도 했다.

캐나디안 로키를 다녀온 사람이라면 언뜻 느끼기에 이러한 알래스카 자연의 미적 아름다움에 실망할지도 모르겠다. 하지만 알래스카의 자연을 캐나디안 로키의 그것과 비교하는 것은 애초에 맞지 않는 일이다. 그 둘은 서로 다른 양상으로 각각의 매력을 우리에게 전달하기 때문이다. 오히려 알래스카의 자연이 전달하는 원시성이야말로 우리가 북극권으로 떠난 이유를 명확하게 제시하는 것이기도 하다. 그곳은 질서정연하게 정돈된 그런 곳이 아닐 뿐만 아니라 야성과 한발 더 가까이 있는 세계이다. 우리가 알래스카로 떠나는 것은 바로 그러한 야성과 만나기 위해서가 아니던가.

나는 야성의 자연에 압도당하며 페어뱅크스까지의 긴 여정을 달려가고 있었다. 그 길 위에서 나는 온전히 혼자임을 느끼고 거대한 두려움마저 느끼곤 하였다. 길은 끝도 없이 뻗어있고 들판과 먼 산의 빙하를 배경으로 두른 자작나무 숲과 가문비나무 숲은 그 어떤 신비를 품고 있는 것처럼 아름다웠다. 그것은 조림사업을 한 숲의 충만한 초록과는 다른 느낌이었다. 들판과 교차하며 거칠게 전개되는 자작나무 숲과 가문비나무 숲은 알래스카의 야성과 맞닿아 있는 아름다움이었다. 끝없는 길 위에 놓인 나의 삶이 보잘것없이 느껴지고, 길의 끝은 상상조차 할 수 없는 미지를 품고 있는 것만 같았다. 과연 이 길 너머 저 먼 곳에 내가 보고자 하는 알래스카의 그 무엇이 존재하는가? 이 길의 끝에 어쩌면 지상의 세계가 담을 수 없는 신비와 환영이 가득한 것은 아닐까?

알래스카에 도착한 첫날 앵커리지에서 마주한 백야가 하나의 장소에서 마주한 정적인 백야라면 다음 날 앵커리지에서 페어뱅크스로 이동하며 맞닥뜨린 백야는 흘러가는 강물처럼 유동적으로 움직이는 것이었다. 그것은 마치 하나의 유기체처럼 살아 움직이며 나의 감각 속으로 들어왔다. 백야를 관통하며 달리는 자동차의 움직임을 따라 자작나무 숲과 가문비나무 숲은 출렁였고 어둠이 장악하지 못한 빛은 흐느적거리며 하늘과 지상의 모든 곳에 밤의 무늬를 만들고 있었다.

앵커리지를 출발하여 타키트나를 거쳐 페어뱅크스로 가는 길은 멀고 아득했다. 그러나 페어뱅크스까지의 머나먼 여정의 아득함은 지루함과는 거리가 먼 것이었다. 끝도 없이 펼쳐진 자작나무 숲과 길게 이어진 도로는 매 순간 비슷한 풍경을 보여주었지만, 그것은 같은 것들이 반복되며 나타나는 지루함과는 거리가 먼 느낌이었다. 우리의 감각과 의식을 압도하며 펼쳐진 자연은 그것 자체로 거대한 서사였으며 깊이 있는 울림과 감동이었다.

타키트나에서 늦은 점심 식사를 하고 출발한 탓에 저녁을 지나 밤이 되어도 페어뱅크스는 여전히 먼 곳에 있었다. 그 사이에 백야는 펼쳐졌고, 백야의 빛이 신기루처럼 자작나무 숲과 가문비나무 숲 그리고 지평선의 저 끝까지 배회하고 있었다. 그것은 분명 빛의 향연이었지만 그렇다고 완연한 빛의 모습이라고도 할 수 없었다. 그리고 당연히 그것은 어둠 역시 아니었다. 마치 숲과 들판의 음성이 들리는 듯 환영처럼 빛과 어둠이 교차하며 백야의 세계는 펼쳐졌다. 하늘과 지상은 구분하기 힘든 색감으로 하나가 되었고 자작나무 숲과 가문비나무 숲은 혼곤한 빛을 등에 지고 어둠처럼 차창 밖을 스쳐 지나갔다.

백야의 들판. 그것을 무슨 색이라 해야 할까. 흰빛도 회색빛도 푸른빛도 아닌 백야의 공중은 마치 혼곤한 잠처럼 지상을 장악하고 있었다. 앵커리지에서 페어뱅크스로 가는 여정의 백야를 떠올리면 그것은 몽롱한 잠에 빠져드는 것만 같은, 몽환과도 같은 것이었다는 생각이 든다. 낮도 밤도 아닌 시간의 공간감. 백야는 밤에 펼쳐진다는 점에서 시간의 개념이지만 빛이 만들어내는 몽롱한 이미지로 인해 공간의 양상으로 우리의 의식을 사로잡는다. 그런 점에서 백야는 단순히 환한 어둠이거나 밤이 아니다. 백야는 어둠 속에 숨어 있어야 할 것들을 우리의 눈앞에 호명하며 그것의 전혀 다른 모습을 보여준다. 이전까지 우리가 인식하지 못했던 사물의 모습은 기존의 모습에서는 전혀 느낄 수 없는 감각을 드러내며 우리에게 낯선 감각으로 다가온다.

'MECCA'와 밤의 시간들

앵커리지에서 출발하여 타키트나를 거쳐 페어뱅크스에 도착한 것은 새벽 3시였다. 여전히 몽롱한 백야가 가득했고 나는 서둘러 체크인을 하고 혼곤한 잠에 빠져들었다. 내가 달려온 길이 어디인지, 그 길 위에서 무수히 마주쳤던 백야의 시공간이 진짜 있었던 것인지, 그저 꿈만 같았다. 그날, 오전을 지나 오후에 이르기까지 아주 오래도록 잠을 잤던 것 같다. 잠 속에서 꿈을 꾸었고, 꿈속에 백야가 펼쳐진 길과 숲과 지평선이 보였다. 저녁과 밤을 지나 새벽의 백야를 가로지르는 길. 그리고 백야를 가로지르며 달리는 밤이라는 신비. 앵커리지에서 페어뱅크스에 이르는 한밤의 여정은 도심에서 맞이하던 백야와는 전혀 다른 느낌으로 나에게 다가왔다.

페어뱅크스에 머무는 동안 나는 거의 매일 밤 'MECCA'라는 bar에 들러 술을 마셨다. 그곳의 분위기가 좋기도 했지만 새벽까지 문을 연 술집이 거의 없었기 때문에 어쩔 수 없는 선택이기도 했다. 그곳에서 흘러간 팝을 들으며 알래스카의 맥주를 마시는 시간은 알래스카의 자연을 여행하는 것만큼이나 흥미진진한 것이었다. 'MECCA'에 오는 사람은 주민들부터 여행자까지 다양했지만 페어뱅크스에 살고 있는 주민들이 주된 손님이었다. 늦은 밤 'MECCA'에서 만나는 대부분의 사람들은 그곳에서 늘 마주치게 되는 단골손님들이었다. 내가 처음으로 'MECCA'의 문을 열고 들어섰을 때, 그들은 나를 호기심 어린 눈빛으로 바라보았고 이러저러한 질문을 하며 친근하게 대해 주었다. 그도 그럴 것이 MECCA의 손님들 중에서 에스키모를 제외한 동양인 여행자는 내가 유일했다.

낯선 이국의 사람을 바라보는 호기심의 눈빛. 알래스카에 동양인이 살지 않는 것도 아니건만 그들이 나를 바라보는 눈빛은 호기심 그 자체였다. 아마도 페어뱅크스에서, 더구나 밤늦은 시간에 동네의 술집에서 동양인 여행자를 만나는 일은 그곳에서도 흔한 일만은 아니었던 것 같다. 나는 의자에 앉아 맥주를 주문했다. 'MECCA'는 바텐더를 중심으로 둘러앉는 구조인지라 쉽게 옆자리 사람들과 친해질 수 있는 분위기였다. 어찌하다 보니 'MECCA'의 손님들 모두와 인사를 나누고 이야기를 나누는 사이가 되었다. 'MECCA'는 에스키모들도 꽤 많이 찾는 곳이었는데, 에스키모를

WELCOME TO THE MECCA
NOW SMOKE-FREE!
MECCA
-BAR-
BUD LIGHT
EXIT

만날 때 한 가지 인상적이었던 점은 그들이 나를 언제나 가족(Family)이라고 불러주었다는 점이다.
에스키모와 동아시아인의 몸에 같은 피가 흐르고 있다는 것은 상식이지만, 우리도 과연 그들에게 가족이라는 말을 선뜻 할 수 있을까? 그들의 '우리는 가족'이라는 말은 나에게 낯선 행복으로 다가왔다. 그리고 그 말 속에 고향을 잃고 떠도는 자의 서글픔이 조금은 배어 있는 것만 같아 마음이 아련해졌다. 'MECCA'에서 만난 젊은 에스키모 여성은 나에게 코를 비비는 에스키모식 인사를 했고, 중년의 에스키모 여성들은 '아리랑'을 불러주기도 했다. 그런 그들의 호의. 나는 그들의 마음속 깊은 곳에 떠나온 삶의 뿌리를 그리워하는 유전자가 있을지도 모른다는 생각을 하기도 했다. 북미 대륙 최초의 인류인 에스키모족은 이제 미국이라는 나라에서 비주류의 삶을 영위하며 평온한 외로움을 견디고 있다는 생각이 들었다.
이제 에스키모는 더 이상 수렵과 채취 생활을 하지 않는다. 그리고 원시 자연을 누비던 모습 역시 사라진 지 오래다. 나는 'MECCA'에서 만난 에스키모의 모습에서 야성을 잃은 슬픈 눈빛을 보았다. 하지만 야성의 삶을 잃고 사는 것이 어디 그들뿐이랴. 현대를 사는 우리는 모두 야성을 잃어버린 자들이 아니던가. 더 이상 현대인들에게 개척하고 싸워야 할 대상은 존재하지 않는다. 모든 물질적 풍요와 안온함 속에서 우리의 삶은 행복한 듯 보이지만, 우리는 안다. 그것이 진정한 행복이 아니라는 것을 말이다.

'MECCA'에서 술을 마시며 만난 이들 가운데 또 다른 인상적인 사람은 'MECCA'의 바텐더이자 웨이트리스인 '키산드라'였다. 나는 지금껏 그렇게까지 열심히 일하는 사람을 본 적이 없는 것만 같았다. 늦은 밤까지 그녀는 웃음을 잃지 않았고, 모든 손님들이 즐겁게 지낼 수 있도록 배려했다. 극지의 광활함 속에 마주친 웃음이었기에 그녀의 모습이 더욱 기억에 남는지도 모르겠다. 그리고 'MECCA'에서 만난 이들 가운데 내게 특별한 기억으로 남은 또 다른 사람은 'MECCA' 인근에서 중고 LP샵을 운영하는 사람이었다. 그는 내가 한국에서 왔다는 사실을 듣고는 자신의 가게에 가서 여러 장의 LP를 가져와 나에게 보여주었다. 그런데 놀랍게도 그가 가져온 것은 나훈아, 정태춘, 서태지 등 한국 가수들의 음반이었다. 내가 "정태춘은 한국의 밥 딜런 같은 가수다"라고 말하자 그는 정태춘 음반을 나에게 선물로 주기까지 했다. 그런 그들과 어울려 늦은 밤까지 춤추고 노래하고 술을 마시는 시간은 나에게 소소하지만 특별한 행복으로 다가왔다.

'MECCA'에서 숙소로 돌아오는 새벽길은 마치 새벽의 빛이 번져오는 듯 환했다. 백야가 펼쳐진 시공간이니 당연한 것이지만 술에 취해 어둠이 아닌 빛의 새벽을 되짚어 돌아오는 길이 낯설게만 느껴졌다. 빛의 새벽을 건너는 것은 취한 것도, 그렇다고 술이 깬 것도 아닌 느낌을 주었다. 술에 취한 정신이었음에도 불구하고 빛으로 가득한 새벽 귀갓길은

몽롱한 나의 감각을 선명함의 어느 자리로 안내하는 것만 같았다. 하지만 반대로 빛의 어둠은 나를 몽환의 세계로 안내하며 비현실적인 시간을 내 앞에 풀어놓는 것 같기도 했다. 'MECCA'에서 돌아오는 고요한 새벽의 거리. 그곳에는 차도 사람도 없이 온통 백야의 빛만이 몽롱하게 펼쳐져 있었다.

백야와 일상이라는 시간

백야가 우리에게 특별한 느낌을 주는 것은 그것이 평소에 경험하지 못하는 자연 현상이라는 이유 때문이겠지만, 그것은 단지 백야가 경험할 수 없는 현상이기 때문만은 아니다. 우리의 경험 여부와 별개로 백야는 일반적인 자연 섭리로부터 벗어나 있는 현상이다. 따라서 백야는 그 자체로 일상이 전달하는 지리멸렬한 느낌의 익숙함을 벗어난 곳에 존재하는, 매우 예외적인 경험이 될 수밖에 없다. 그리고 일상의 무의미함과 고단함으로부터 벗어나고 싶은 우리들은 이러한 백야로부터 삶의 그 어떤 새로움을 발견하게 되는 것이다. 그것은 마치 예술 작품이 무가치하고 무의미한 일상으로부터 유의미한 미적 세계를 만들어내는 것과 같다. 백야는 우리에게 낯선 모습으로 다가오며, 우리 삶을 둘러싼 모든 익숙함을 낯선 것으로 만들어버린다. 그리하여 우리는 그동안 익숙하여 제대로 바라보지 못했던 것으로부터 삶과 세계의 새로운 의미를 발견하게 된다.

백야는 단순히 자연 현상이라는 지위에 머물지 않는다. 그것은 우리의 의식을 끊임없이 배반함으로써 발견할 수 있는 새로움이며 낯설음이다. 그리고 이와 같은 백야는 우리의 삶과 세계를 바라보는 새로운 시선을 가능하게 함으로써, 삶과 세계의 새로운 깊이와 넓이를 만든다. 그래, 백야는 해가 저물지 않는 자연 현상이다. 하지만 백야의 그토록 단순한 과학적 사실은 우리의 삶에 많은 영향을 미친다. 나는 나의 삶이 지루한 일상이라는 자각이 들 때마다 백야의 밤과 그곳에 섞여 있던 빛과 어둠을 떠올린다. 삶이라는 시간은 지극히 자연스럽게 흘러가지만 그것을 어떻게 바라보느냐에 따라 다가오는 느낌은 사뭇 다를 수밖에 없다. 우리가 우리의 삶을 다른 시각으로 바라볼 수 있다면 그 삶은 결코 삶의 뻔한 함정에 빠지지 않을 것이다. 다른 삶. 나는 백야를 떠올리며 다르게 사는 삶에 대하여, 다르게 바라보는 삶에 대하여 생각한다. 아마도 그 삶은 힘들고 고달플 것이다. 하지만 반대로 그 삶은 분명 우리를 새로운 세계로 인도할 것임이 분명하다.

세 번째 미지:

뉴욕 에스키모, 미닉의 삶이 남긴 것들

뉴욕 에스키모 미닉의 일생

불쌍한 우리 아빠의 뼈가 박물관 2층 유리상자 속에 있다고 생각할 때마다 울음이 나와. 모든 사람들이 아빠를 구경할 수 있잖아. 내가 가난한 에스키모 아이라는 이유만으로 왜 나는 우리 아빠를 아빠가 원했던 방식으로 무덤에 묻을 수 없는 거지?

- 켄 하퍼, 박종인 옮김, 『뉴욕 에스키모 미닉의 일생』(청어람미디어, 2002) 중에서

여기 한 소년이 있다. 죽어서도 편히 묻히지 못한, 살이 발린 채 자연사 박물관에 전시된 아버지의 시신을 바라보며 마음 아파하던, 한 소년이 있다. 피어리에 의해 미국에 오게 되어 평생을 미국인도 에스키모인도 아닌 삶을 살다가 서른한 살에 생을 마감한, 슬픈 삶이 있다. 그는 평생 북극을 그리워했고, 동시에 자신의 모든 불행이자 비극이었던 미국을 버릴 수 없었다. 북극에서 온 소년에게 뉴욕의 화려함은 거부할 수 없는, 치명적인 유혹이었으며 자신의 의지와는 상관없이 가해진 폭력이기도 했다. 미닉의 삶은 결코 개인의 불행이 아니다. 서구 제국주의의 폭력 앞에 무력했던 미닉의 비극은 바로 우리의 비극이자 슬픔이다. 불행한 에스키모. 그의 이름은, 미닉이다.

생각해보라. 당신이 박물관에 전시된 아버지의 유골과 우연히 맞닥뜨렸다면 과연 어떤 기분이었겠는가? 당신의 아버지가 살이 발린 채 박물관 유리 전시실에 한낱 구경거리로 전시되어 있다면 당신은 과연 어떤 기분이겠는가? 이 책의 주인공 미닉은 자연사 박물관에 전시된, 땅에 묻혔다고 알고 있었던 아버지의 유골과 우연히 맞닥뜨리게 되는데 그때부터 그의 불행은 실체를 드러내고 그의 삶을 뒤흔들기 시작한다. 하지만 사실 미닉의 불행은 피어리를 따라 미국에 간 바로 그 순간부터 이미 시작된 것이었다.

우리에게 피어리는 위대한, 혹은 고난을 극복한 탐험가로 알려져 있지만 그것은 서구 제국주의의 관점에서 바라본 편향적인 시선에 불과할 뿐이었다. 그는 보잘것없는 물건을 주고 에스키모의 진귀한 물건을 강탈했으며 자신을 도와준 에스키모를 멸시했다. 그에게 북극은 단지 탐험의 대상일 뿐이었고 에스키모는 열등한 종족에 불과했다. 그러나 에스키모가 없었다면 그의 북극 탐험이 성공할 수 있었을까? 사실 피어리의 북극 탐험은 온전히 그의 것이 아니었다. 피어리가 북극점에 도달할 수 있었던 것은 당연히 에스키모의 도움 때문에 가능한 것이었다. 그런 점에서 피어리에게 부여한 최초의 지위는 과연 합당한 것일까? 이미 북극에는 에스키모가 살고 있지 않았는가 말이다. 결국 피어리의 북극 탐험은 서구 제국주의의 오만한 시선으로 바라본 것에 불과한 것이었다. 미국인들에게 에스키모는 사람이 아니었다. 그들은 단지 구경거리이자 연구의 대상이었을 뿐이다. 그래서 그들은 에스키모를 자연사 박물관에 전시했던 것이다. 그들에게 백인이 아닌 존재는 문명이 아닌, 그저 자연의 일부분일 뿐이었다. 이 책은 그와 같은 서구 제국주의의 폭력과 감춰졌던 진실에 관해 이야기한다.
피어리를 따라 뉴욕에 갔던 6명의 에스키모. 그들은 동물원의 동물과 다를 바 없었다. 그들은 한낱 구경거리에 불과했으며 인류학의 연구 대상일 뿐이었다. 미국인들은 실제로 그들을 동물원의 원숭이처럼 전시했고 연구실에 방치했다. 그리고 뉴욕의 감기는 그들에게 치명적이었는데, 6명의 에스키모 중 4명은 감기로 죽고 1명은 가까스로 북극으로 돌아갔으며 미닉만이 뉴욕에 남겨졌다. 미국인에게 입양되어 행복한 삶을 살 것만 같았던 미닉. 그러나 미닉의 행복은 거기까지였다. 양어머니의 죽음과 양아버지의 해임으로 인해 어려운 상황에 빠졌을 무렵, 미닉은 자신의 아버지 키수크가 해체되어 박물관에 전시되어 있음을 알고 충격에 휩싸였다.

장례식을 치르고 땅에 묻었던 아버지의 시신이 미국인들에 의해 뼈와 살이 발린 채 자연사 박물관에 몰래 전시되어 있었던 것이다. 미닉은 아버지의 유골을 돌려받기 위해 투쟁했지만 미국인들은 미닉의 아버지를 돌려주지 않았다. 실의에 빠진 미닉은 북극으로 돌아가길 원한다. 그러나 북극으로 돌아가는 것조차 미닉의 의지대로 결정할 수 있는 것은 아니었다. 미닉은 힘겨운 투쟁 끝에 북극으로 돌아가게 되지만 에스키모의 언어와 문화를 잊은, 뉴욕의 화려함을 경험한 그에게 그곳은 더 이상 예전의 아름다운 고향이 아니었다. 미닉은 결국 고향을 떠나 미국으로 되돌아가게 된다. 그러나 미국에서의 생활과 문화 역시 더 이상 익숙한 것이 아니었다. 미닉은 에스키모인도 미국인도 아닌, 단지 이방인이었을 뿐이었다. 미닉은 피츠버그로 이주한 이후에 잠시 행복한 삶을 맛보기도 하지만 폐렴으로 서른한 살의 짧은 생을 마감하고 만다.

에스키모. 에스키모는 그들의 언어로 '생고기를 먹는 사람들'이라는 뜻이다. 그들을 에스키모라고 부른 것은 당연히 백인들이었다. 백인들에게 그들은 사람이 아니라 '생고기를 먹는 사람'이었던 것이다. 그 때문에 일부 에스키모들은 자신들이 이누이트로 불리기를 원한다. 이누이트는 그들의 언어로 '사람'이라는 뜻이다. 그런 점에서 에스키모를 지칭하는 말은 이누이트가 정확한 것일지도 모른다. 그리고 뉴욕의 자연사 박물관에 전시된 에스키모, 아니 이누이트의 유골은 백 년의 시간이 흐른 뒤에야 그들의 고향 북극으로 돌아갈 수 있게 된다.

미닉이 우리에게 남긴 것

미닉은 그린란드의 에스키모이다. 미닉이 알래스카의 에스키모는 아니었지만 나는 알래스카로 떠나며 제일 먼저 미닉의 슬픈 삶을 떠올렸다. 에스키모의 슬픈 삶의 공간이 그린란드냐 알래스카냐는 중요한 것이 아니었다. 사실 그러한 공간의 경계는 아무런 의미가 없는 것일지도 모른다. 경계란 인간이 만들어놓은 자의적인 것에 불과할 뿐이다. 더구나 얼어붙은 북극해로 연결되었던 그곳을 오늘날의 관점으로 나누는 것은 무의미한 일일뿐이다. 얼어붙은 북극해를 건너 삶의 거처를 마련한 그린란드와 알래스카의 에스키모는 같은 뿌리를 지니고 있다. 그런 점에서 알래스카의 에스키모에게서 미닉의 슬픈 삶을 떠올리는 것은 지극히 자연스러운 일이기도 하다.

알래스카에 머물며 든 생각 중 하나는 과연 이 땅이 누구의 것인가라는 질문이었다. 알래스카는 널리 알려진 것처럼 1867년 당시 미국의 국무장관 윌리엄 수어드가 러시아 정부로부터 720만 달러에 구매하여 미국

영토로 편입된 곳이다. 그렇다면 미국인, 그리고 그 이전의 러시아인이 이곳의 주인이라고 할 수 있을까? 아니면 그 이전인 17,000~30,000년 전에 얼어붙은 베링해협을 건너 이주한 몽골계 아시아인이 이 땅의 주인일까? 이 땅의 주인이 과연 있기는 한 것일까? 아니, 주인이 있을 수는 있는가?

알래스카를 특정한 종족의 땅이라고 단언할 수는 없을 것이다. 역사는 늘 바뀌어왔고, 그 안에서 하나의 지역을 지배하던 이들 역시 바뀌어왔다. 하지만 긴 세월 알래스카에 살면서 알래스카와 한 몸을 이루던 이들은 알래스카 원주민이다. 그들이 이 땅에 살았던 물리적인 시간만큼 알래스카의 역사는 알래스카 원주민들의 역사라고 해도 과언이 아니다. 더구나 알래스카 원주민들의 삶은 자연과 하나가 되는 원시의 그것이었다. 그들은 자연의 일부분으로 삶을 영위하며 자연 이상의 지위를 넘보지 않았다. 그런 점에서 알래스카 원주민들을 이 땅의 주인이라고 해도 어색함이 없을 것이리라.

하지만 백인들의 알래스카 정착은 원주민들의 그것과 전혀 다른 것이었다. 그들은 자연과 하나가 되기보다는 자연을 지배하고자 했고, 알래스카의 모든 자연 위에 군림하고자 했다. 당연히 백인들의 이주는 알래스카 원주민들의 삶에 커다란 위협이 되었다. 그것은 백인에 의한 북아메리카 원주민 학살이라는 폭력으로 한정되지 않는다. 그러한 직접적인 폭력 이외에도 백인들의 문화와 현대문명의 유입은 원주민들의 삶을 송두리째 뒤흔들어 놓았다. 백인들이 유입된 이래 그들의 삶은 현대문명사회의 비극적 국면과 맞닥뜨리게 된 것이다.

18세기 알래스카에 백인이 정착한 이래 알래스카 원주민의 삶은 비극의 연속이었다. 그들의 삶은 백인이 들어온 이후 주류의 지위를 잃어버렸으며, 절대적인 인구에서도 전체 인구의 1.5%에 불과할 정도의 소수민족으로 전락해버렸다. 무엇보다 문제인 것은 그들의 삶과 문화와 전통이 그저 관광 상품으로 전락해버렸다는 데 있다. 물론 아직까지 알래스카 원주민들의 삶의 흔적이 남아 있고, 그것을 지키려는 노력이 있지만, 그것은 알래스카 원주민들의 실제 삶과 유리된 채 박물관에 갇히고 말았다. 이러한 문제가 알래스카 원주민만의 것은 아니지만 '극'의 서사를 이어온, 극한의 원시 자연을 견뎌온 이들의 몰락이라는 점에서 안타까운 마음이 더욱 강하게 들었다.

서구의 화려한 문화와 문명의 이기를 경험한 이들이 자신의 삶을 오롯이 유지한다는 것은 불가능에 가까운 일일 것이다. 미닉이 자신의 고향 북극으로 돌아가서도 뉴욕이라는 도시의 화려함을 잊지 못했던 것처럼 말이다. 알래스카 원주민들은 현대문명의 포로가 된 채 자신들의 삶을 송두리째 잃어버리게 되었다. 현대문명과 자본주의의 물질적 풍요와 안정 속에서 그들의 삶은 거처를 잃어버리고 영원히 떠도는 존재가 될 수밖에 없었다. 원시 수렵과 채취의 삶을 영위하던, 비주류로 전락해버린 알래스카 원주민들이 자본주의의 주체가 될 수는 없었다. 따라서 이들의 삶은 비주류의 그것으로 전락되어버린 채 빈곤과 소외 속에 놓이게 되었다. 알래스카를 여행하며 직접 만난 원주민들에게 받은 느낌도 이러한 것과 크게 다르지 않았다. 주류 질서 안으로 들어서지 못한 듯 보이는 그들의 모습은 대체로 그 어떤 고단함이 느껴지는 것이었다. 이곳 알래스카에서 그들은 이방인의 모습으로 살고 있었다. 그들은 베링해협을 건너온 이후, 아시아라는 삶의 거처를 잃어버리게 되었으며 이제는 알래스카에서조차 겉돌 수밖에 없는 이방인이 되어버렸다.
알래스카에 체류하며 원주민들의 삶을 자세히 들여다볼 수 있었던 것은 박물관에서였다. 다운타운의 술집과 식당 등에서 원주민들과 마주치고 함께 어울리기도 했지만 그러한 만남에서 우리가 흔히 생각하는 알래스카 원주민들의 과거 삶의 모습을 엿볼 수는 없었다. 그들과의 만남에서 든 느낌은 삶의 고단함과 함께 비주류 민족의 그 어떤 상처에 대한 것이었다. 그들은 동아시아에서 온, 같은 몽골계 인종인 내게 한결같이 "우리는 가족"이라는 말을 했지만, 그 말은 반가움의 감정과 함께 떠나온 곳에 대한 그리움이 잔뜩 묻어있는 것이었다. 수 만 년 전에 떠나온 삶의 뿌리를 그리워한다는 것은 그만큼 현재의 삶에 뿌리내리지 못한다는 이야기일 수도 있을 것이다. 그들의 그리움은 현재의 삶에 만족하지 못한다는 생각을 하게 만들었으며, 슬픔의 감정을 배경으로 하고 있는 것이라는 생각도 들었다. 길 위에서, 술집에서, 식당에서…….
그 모든 곳에서 만난 알래스카 원주민들의 모습에는 대부분 이러한 황량한 슬픔의 감각이 드리워져 있었다.

키비악

혐오에 대해 생각한다. 자신의 기준으로 무엇인가를 혐오하고 배척하는 것의 끔찍한 비극에 대해 생각한다. 에스키모의 음식 중에 키비악이라는 독특한 것이 있다. 키비악은 세계적인 혐오 음식으로 꼽히기도 하는데 그것은 에스키모의 전통 음식 중 하나이다. 키비악은 그것을 만드는 과정부터 먹는 방법까지 상당히 독특하다. 이것은 우리가 상상하는 보편적인 음식의 모습과 많이 다르기 때문에 혐오 음식이라고 불린다. 그런데 낯설고 다른 형태의 음식이라고 해서 혐오의 대상으로 삼는 것은 지극히 편협한 생각이다. 우리가 흔히 혐오 음식이라고 부르는 것의 상당수는 다른 문화권의 시각으로 보았을 경우가 많다. 나와 다르다는 이유가 혐오의 대상이 될 수 없음은 당연하다. 그런 점에서 키비악 역시 다른 음식일 뿐, 혐오의 대상이 될 수는 없다.

키비악은 그린란드의 칼라아릿족과 북미 지역의 에스키모족 등이 먹는 음식이다. 이것을 만드는 방법은 우리의 상상을 초월할 정도로 독특하다. 먼저 내장과 고기를 제거한 바다표범의 배 안에 극지에 살고 있는 아팔리아스라는 새 수백 마리를 가득 채운다. 그런데 이때 아팔리아스는 깃털조차 손질하지 않은 채 원형 그대로 바다표범의 배 안에 넣는다.

그런 이후에 바다표범의 배를 닫은 후 땅속에 묻어 발효시킨다. 바다표범의 배 안에서 발효된 아팔리아스의 겉모습은 원형을 그대로 유지하지만 내장 등의 내부가 발효되어 액화된다. 이렇게 발효된 아팔리아스가 완성된 형태의 키비악이다.

키비악은 아팔리아스의 항문에 입을 대고 액화된 내장을 빨아 먹는데, 내장을 다 빨아 먹은 뒤에는 깃털을 제거하고 고기는 물론 뼈와 뇌까지 모조리 먹는다. 그런데 이때 무척이나 심한 악취가 난다고 한다. 키비악은 우리가 생각하는 일반적인 발효 음식이나 육류 음식과 상당히 다른 형태의 음식인데, 이처럼 그 형태나 먹는 방식이 매우 특별한 음식이어서 혐오 음식으로 불리게 된 것이다. 그린란드와 알래스카 원주민들 중에서 지금도 키비악을 먹는 사람이 얼마나 될지는 모르지만, 아마 그들에게도 키비악은 더 이상 보편적인 음식은 아닐 것이다. 하지만 키비악을 먹는 원주민은 여전히 존재하며, 그것은 누가 뭐라고 해도 그들의 전통 음식이다.

사실 키비악은 그린란드와 알래스카 원주민의 생존과도 깊은 연관이 있는 음식이다. 이들에게 음식은 취향으로서의 그 무엇이 아니다. 음식은 이들에게 생존이라는 절박한 현실의 문제이다. 비타민을 섭취하기 어려웠던 극지의 원주민에게 키비악은 비타민을 섭취할 수 있는 몇 안 되는 방법 중 하나였다. 부족한 일조량과 채소를 재배하거나 채취하기 힘든 환경에서 비타민을 섭취하기 힘들었다는 점을 생각하면 키비악은 선택의 문제가 아니라 생존에 필수적인 음식이었을 것이다. 키비악이 만들어진 이유를 알고 난 뒤에도 과연 그것을 혐오 음식이라고 부를 수 있을까? 키비악에 대한 혐오는 세상의 모든 혐오가 그러하듯 편견의 다른 이름일 뿐이다.

키비악을 떠올리며 나는 문화의 상대성에 대한 생각을 했다. 우리는 흔히 우리가 바라보는 것만이 진실이라고 생각한다. 그리고 그것이 단 하나의 진실이라는 생각 끝에 다른 것을 수용하지 않으려는 태도를 보이기도 한다. 나는 박물관에 전시된 에스키모의 전통과 유물을 보며 이렇게 전시된 문화의 비극에 대한 생각을 했다. 과연 서구인들에게 에스키모의 문화는 무엇일까라는 의문이 머리를 떠나지 않았다. 그들에게 박물관에 전시된 에스키모의 모든 문화는 그저 호기심의 대상일 뿐인, 비주류로서의 하위문화에 불과한 그 무엇이 아닐까라는 생각이 들기도 했다.

지금도 그런지는 모르겠지만 서구의 자연사 박물관에 백인들의 문화는 전시되지 않는다. 그곳에 전시되는 것은 동식물을 비롯한 자연물인데 거기에는 백인을 제외한 유색 인종의 모든 문화도 포함되어 있다. 당연히 유색 인종의 유골도 전시되었다. 자연사 박물관에 전시되지 않는 것은 백인과 관련된 것뿐이다. 그 이유는 서구인의 입장에서 자연과 대척점을 이루는 문명은 백인의 것으로 한정되기 때문이다. 서구 백인의 문명 이외의 것들은 문명이 아니라 자연의 일부분일 뿐이었다. 이런 이유로 인하여 미닉의 아버지 역시 뼈와 살이 발린 채 뉴욕의 자연사 박물관 유리 전시실에 전시되었던 것이다. 키비악을 비롯한 에스키모의 모든 문화는 문명이 아닌 듯 알래스카의 자연과 함께 박물관에 전시되어 있다. 박물관에 진열된 에스키모의 문화에서 현재 진행형인 그들의 삶을 느끼는 데에는 한계가 있을 수밖에 없다. 에스키모의 문화는 박제된 모습으로 우리에게 다가올 뿐이다. 과거라는 시간 속에 남게 된 문화는 현재화된 의미를 잃게 됨으로써 하나의 문화 안에서 주류의 지위를 차지할 수 없게 된다. 마치 에스키모족이 고단함 속의 소수 민족으로 전락한 것처럼 그들의 삶을 둘러싼 모든 문화 역시 점차 희미한 기억이 되어가고 있다. 그러나 분명한 점은 미닉을 비롯한 에스키모의 삶이 전시와 호기심의 대상으로 전락할 성질의 것이 아니라는 점이다. 하나의 문화가 다른 문화를 평가한다는 것. 그리고 지배한다는 것은 참으로 커다란 비극이 아닐 수 없다. 그런 점에서 원주민들의 음식인 키비악과 미닉의 이야기는 우리에게 많은 생각을 하게 만든다.

러시아 정교회

알래스카 이주의 역사는 17,000~30,000년 전에 얼어붙은 베링해협을 건너 알래스카에 온 몽골계 아시아인으로부터 시작되었다. 이후 러시아의 영토였다가 미국의 영토가 된 알래스카는 원주민인 에스키모족 등과 미국인 이외에도 다수의 러시아계 사람들이 살고 있다. 그 이유는 알래스카가 과거에 러시아의 영토였던 데다가 소련의 공산주의 체제를 피해 알래스카로 넘어온 러시아인들이 많기 때문이다. 이들은 주로 러시아와 가까운 케나이반도 등에 거주하고 있다. 또한 알래스카의 러시아계 사람들은 자신들만의 고유문화를 유지하며 살고 있는데, 러시아어와 함께 러시아 정교회의 언어인 슬라브어를 쓰기도 하며, 옷차림 역시 일반적인 미국인들의 그것과 다르다고 한다. 또한 알래스카 곳곳에서 러시아 거리의 흔적을 발견할 수도 있다. 그중 가장 쉽게 접할 수 있는 러시아의 흔적이 바로 러시아 정교회이다.

나는 그동안 러시아 정교회에 대한 호기심을 가지고 있었는데, 호머의 한적한 시골 마을에 있는 러시아 정교회 성당에 방문할 기회를 얻게 되었다. 러시아 정교회로 가는 길은 호머의 한가로운 길에서 더 깊숙히 들어가야 하는 곳에 있었다. 러시아 정교회까지 가는 길에 먹이를 먹기 위해 나온 어미 무스와 새끼 무스를 보기도 했고 자신의 팔보다 더 긴 연어를 짊어지고 가는 소년을 만나기도 했다. 소년은 순박한 웃음을 지으며 우리에게 자신이 잡은 연어를 보여주며 포즈를 취하기도 했다. 환하게 웃던 소년의 미소. 그 모습이 무엇 하나 급할 것 없는 삶의 평화로운 순간처럼 느껴졌다. 그런 평화로움의 끝에 러시아 정교회 성당이 있는 초원에 이르렀다.

러시아 양식의 아담한 정교회 성당은 무척 아름다웠다. 그것은 유럽의

TRANSFIGURATION
OF
OUR LORD
CHURCH

성당에서 볼 수 있는 그런 화려함과는 거리가 멀었지만 소박한 아름다움이 주는 정취와 미적 감각이 그 어떤 성당보다 아름답게 느껴졌다. 조그마한 주택보다도 작은 성당. 성당을 둘러싼 들판에 바람이 불고 있었고 들판의 풀은 쏴쏴쏴 소리를 내며 적막하게 출렁이고 있었다. 넓은 들판에 홀로 서 있는 러시아 양식의 성당은 특별한 양식만큼이나 하나의 풍경을 더욱 아름답게 만들어내고 있었다. 마침 성당을 개방하는 시간이라 성당의 내부는 물론이고 신부님까지 만날 수 있었다. 성당의 내부 역시 아담하지만 품격 있는 아름다움이 돋보였다. 성당의 내부는 종교적 색채의 그림으로 가득했고 향이 피어오르고 있었다. 나도 약간의 헌금을 하고 향불을 피우고 소원을 빌었다. 러시아 정교회 성당은 주변에 수많은 무덤을 거느리고 있었다. 하지만 아름답게 꾸며진 무덤의 모습은 을씨년스럽기보다는 잘 꾸민 공원처럼 아늑한 느낌이었다. 무덤의 주인공들은 러시아 정교회 신도들인 듯싶었는데, 개중에는 오래전, 러시아로부터 왔을 것만 같은 이들의 무덤도 있었다. 러시아 정교회 성당을 뒤로하고 나오며, 나는 자신의 문화를 지키며 산다는 것에 대한 생각을 했다. 자신이 떠나온 곳을 잊지 못하고 사는 것이 그들만은 아니겠지만, 자신의 고유한 문화를 지키며 사는 그들의 모습은 무척이나 감동적인 것이었다. 아마도 그들은 떠나온 고향을 평생 그리워했을 것이다. 그리하여 이국의 땅에 묻힌 이들의 무덤은 회한의 감정처럼 오래도록 나의 기억 속을 맴돌았다.

알래스카의 한인들

이번 여행에서 나는 알래스카의 교민들과 마음을 나눌 수 있는 기회를 갖게 되었다. 앵커리지에 장기간 체류하고 있는 동료 시인을 만났고 페어뱅크스 교민들의 진심 어린 환대를 받았다. 이러한 환대는 해외의 교민들과 만났을 때 종종 경험하는 것이지만 알래스카에서의 환대는 조금 더 특별한 느낌으로 다가왔다. 한국인의 방문이 상대적으로 적은 지역이어서 그런 이유도 있겠지만 그것만으로는 설명할 수 없는 따뜻함이 그들에게 느껴졌다. 머나먼 이국 알래스카에서 느끼는 인간 사이의 교감. 고국에서 온 나를 대하는 그들의 진심이 애틋하게 느껴져서 가슴 한편이 아리도록 따뜻해지는 것을 느꼈다.

알래스카의 교민들을 보며 나는 국외자로 산다는 것에 대해 오래도록 생각하기도 했다. 그리고 이곳 알래스카, 먹먹한 극의 서사가 있는 곳에 사는 국외자의 그 어떤 쓸쓸함을 떠올리기도 했다. 국외자로 사는 이들이 알래스카 교민들만은 아니지만, 그들이 느끼는 국외자의 쓸쓸함과 그리움의 강도는 더욱 강렬할 것 같다는 생각이 들었다. 아마 이러한 생각은 북극권의 자연 풍경이 주는 압도적 광활함 때문에 더욱 강하게 드는 것이리라. 그리고 사실 이와 같은 환경 속에서 산다는 것은 국외자가 아닌 누구라도 그런 마음의 한가운데를 지나는 것일 터이다.

나는 문득 그들을 바라보며 국외자로 살아갈 뻔했던 지난날을 떠올려

보았다. 지난했던 한국에서의 삶을 벗어나기 위해 고민했던 호주행. 실제로 나는 호주 이민을 준비하기 위해 이민 답사 여행을 떠났었다. 내 삶의 지난함과 그곳에 살고 있는 친척의 권유가 호주행을 준비하게 했지만 생각해보면 그때 떠나지 않기를 잘했다는 생각이 든다. 내가 호주 이민을 준비했던 것은 오로지 막막했던 한국에서의 삶으로부터 도피하기 위한 것이었다. 나 스스로 이민을 떠나야만 하는 당위를 마련하지 못한 상태였기 때문에 그때 호주행을 감행했더라면 나의 이민은 커다란 상처를 맛보고 실패로 끝이 났을 것이다. 그 시절 이후, 나는 국외자의 삶을 종종 떠올리곤 한다. 국외자라는 그토록 막막한 그리움을, 빈 들판에 홀로 선 것만 같은 텅 빈 마음을…….
국외자로 산다는 것은 언제나 그리움이라는 감정을 다른 곳에 놓고 사는 것은 아닐까라는 생각이 든다. 물론 많은 이민자들이 해외에서 성공적인 삶을 꾸리기도 한다. 하지만 그들 안에 내재한 그리움과 끝도 없이 부유하는 것만 같은 디아스포라로서의 삶은 그들이 그곳에 사는 동안 결코 벗어날 수 없는 것이리라. 이러한 디아스포라의 감정이 언제나 독인 것만은 아니겠지만, 그것이 전달하는 외로움과 쓸쓸함은 분명 가슴 저미는 일이다. 하지만 나는 간혹 국외자가 느끼는 이러한 외로움과 쓸쓸함을 간절히 원하곤 한다. 이와 같은 외로움과 쓸쓸함의 한가운데 자신의 삶을 던질 때 느낄 수 있는 감각. 그것은 분명 가슴 아픈 것이지만, 그것이 상처와 연민에 대한 그리움의 본능을 강렬하게 자극하기 때문이다. 그래서 국외자를 떠올리면 언제나 복잡하게 얽혀 있는 양가적 감정에 사로잡히게 된다.
페어뱅크스에 머물며 페어뱅크스 한인 회장님 부부를 비롯한 몇몇 교민들과 식사를 하고 술잔을 기울일 기회를 갖게 되었다. 파이오니어 공원 인근에 마련한 점심 식사는 그야말로 진수성찬이었다. 한국에서도 맛보기 어려운 음식의 종류와 맛도 놀라운 것이었지만, 정성스럽게 준비한 어마어마한 양의 음식을 보고 정말 놀랐던 기억이 새롭다. 함께 한 교포분들 모두는 낸시 여사님의 손이 크다는 말로 내가 느낄 미안함을 덜어주려 했지만 음식에 담긴 정성이 너무나 크게 느껴져서 감사한 마음과 함께 죄송스런 마음이 들었다. 그리고 음식 하나하나에 고국에 대한 그리움이 가득 묻어 있는 듯싶어 가슴이 뭉클해졌다.
페어뱅크스에 거주하고 있는 교포들과 만나기로 한 시간보다 조금 일찍 약속 장소에 가서 파이오니어 공원을 둘러보았다. 큰 규모의 공원은 아니었지만 소박한 느낌의 공원과 전시물을 구경하며 산책하는 한가로움에 기분이 좋았다. 소박하게 꾸민 공원은 주로 개척 시대의 모습을 전시한 전시관으로 이루어져 있었다. 알래스카의 다른 박물관이 원주민의 삶을 주된 테마로 한 것이라면 파이오니어 공원은 백인들의 정착을 주제로 꾸민 곳이었다. 거대한 자연을 개척하며 삶의 터전을 마련한 그들의 지난한 모습은 대단한 것이 분명했다. 하지만 그 과정에 겪어야 했던 알래스카 원주민과의 갈등과 여러 문제는 그곳에 존재하지 않았다.

파이오니어 공원에서 마주한 백인들의 개척사는 오롯이 백인들의 역경과 모험과 개척의 위대함에 초점이 맞춰져 있었다.
반대로 다른 박물관에서 마주한 알래스카 원주민에 대한 전시물은 그들의 삶과 문화 자체만을 다루고 있었다. 그곳에 알래스카 원주민이 겪어야 했던 삶의 고통과 갈등은 별개의 문제인 듯 삭제되어 있었다. 대부분의 박물관은 알래스카의 자연과 원주민들의 삶을 먼 과거의 무엇처럼 그저 '전시'하고 있었다. 원주민들의 삶과 문화는 박물관에서 현재화되지 못한 채 오로지 먼 과거의 영역 속에 머물러 있었다. 그런 점에서 알래스카 원주민의 문화와 백인의 개척사는 별개의 문제처럼 느껴지기까지 했다. 또한 알래스카 원주민들의 삶과 문화를 흘러간 과거의 것으로 보여주는 데 반해 백인들의 개척사는 현재의 삶과 연결되어 생생하게 살아있는 역사적 실체처럼 보여주고 있었다.
파이오니어 공원을 둘러보고 나오자 벌써 교민들과 약속한 시간이었다. 파이오니어 공원 바로 옆에 있는 테이블로 가자 반가운 얼굴들이 보였다. 페어뱅크스 한인 회장님과 낸시 여사님을 비롯한 여러분이 식사를 마련하고 기다리고 있었다. 푸짐하게 마련한 음식은 한눈에 봐도 정성을 다해 차려낸 것임이 느껴졌다. 나는 그들과 함께 음식을 먹고 이야기를 나누며 페어뱅크스의 여름을 느긋하게 즐겼다. 그날 참으로 많은 이야기를 나눈 것 같다. 이민자의 삶에 대한 이야기를 시작으로 페어뱅크스의 오로라에 대한 이야기도 나누고, 페어뱅크스에서 더 북쪽으로 올라

가면 있는, 북극해에 맞닿아 있는 마을에 대한 이야기도 나누었다. 북미 대륙의 최북단에 자리한 마을에 대한 이야기를 듣는 순간 불현듯 그곳에 가고 싶다는 생각이 강렬하게 나를 사로잡았다. 그곳에 대한 이야기는 진작부터 소설가 C로부터 들은 적이 있기도 했다. 그곳은 북극해에 맞닿은, 온전한 원시와 극의 감각을 느낄 수 있는 곳이라는 생각이 들었다. 언제고 알래스카에 좀 더 오래 머물게 된다면 극의 극단을 느낄 수 있는 그곳에 꼭 가고 싶다는 마음이 들었다. 그리고 오로라에 대한 이야기도 오갔다. 오로라는 주로 위도 60도에서 80도에 이르는 지역에서 볼 수 있는데 대중적으로 널리 알려진 오로라 관측 장소는 캐나다의 옐로나이프이다. 이외에 북미 지역에서 유명한 오로라 관측 장소는 페어뱅크스와 화이트호스가 손꼽힌다. 일반적으로 널리 알려진 오로라 관측 장소는 옐로나이프이지만 자연의 감각 그대로의 오로라를 보고자 한다면 단연 페어뱅크스의 오로라가 아름답다고 한다. 옐로나이프는 무척 작은 마을이기 때문에 빛이 적고, 따라서 오로라를 보기에 적합하지만 오로라 관광을 위해 특화된 곳이니만큼 관광으로서의 오로라 체험 같은 느낌이 강하게 든다고 한다. 하지만 페어뱅크스는 오로라 관광만을 위한 도시가 아니기 때문에 더욱 더 자연에 가까운 감각으로 오로라를 경험할 수 있다. 도시 규모가 큰 편이라 빛이 없는 외곽 지역으로 조금 더 나가야 하지만 꾸미지 않은 생생함을 느낄 수 있는 점이 장점이라는 이야기가 오갔다. 하지만 북극권의 여행 시즌인 여름은 백야가 펼쳐지는 기간이기 때문에 오로라를 볼 수 없다.
교민들과 공원에서 함께 한 피크닉은 즐겁고 여유로웠다. 오후의 햇살은 따사롭게 식탁 위에 내려앉았고 시간은 평화롭게 흘러갔다. 고국의 음식을 나누어 먹으며 고국의 이야기를 나누는 시간 속에서 그들은 무척이나 행복해 보였다. 나는 불현듯 그들이 기억하고 있는 고국의 모습이 어느 시간에 멈추어 있는지가 궁금했다. 흔히 말하기를 이민자들이 추억하는 고국에 대한 기억은 각자가 떠나온 순간에 멈추어 있다고 한다. 물론 방송과 인터넷을 통해, 그리고 이따금 가는 고국 방문을 통해 우리나라의 현재 상황을 잘 알고 있지만, 그래도 그들이 추억하는 고국의 모습은 자신의 떠나온 시간에 멈추어 있는 경우가 많다고 한다. 그것은 어쩌면 고향으로부터 자신의 삶을 분리하고 싶지 않은 무의식의 발현 때문일지도 모른다.
지금 내 앞에 있는 교민들도 각자 자신들이 떠나온 시절의 이야기를 하고 있다. 누군가는 7-80년대의 지난한 삶의 풍경을, 누군가는 그 이후의 풍경을 이야기한다. 우리는 서로가 기억하는 고국의 모습을 듣고 말하며 오래도록 밥을 먹고 맥주를 마셨다. 맥주를 마신 얼굴에 약간의 취기가 돌았지만 싱그러운 바람을 맞는 느낌이 매우 기분 좋았다. 햇살은 여전히 따사롭고, 누군가 자그마한 목소리로 노래를 불렀던 듯도 싶다. 우리는 그날 밤, 일식당을 운영하는 강 사장님의 가게로 자리를 옮겨 술을 마시고 이야기를 하고 밤이 깊도록 노래를 불렀다. 그리움처럼 백야의

밤이 깊어갔고, 밤이 깊어가는 만큼 머나먼 이국의 쓸쓸함과 고국에 대한 그리움은 서로의 애틋한 유대감을 부여잡고 놓으려 하지 않았다.

내가 페어뱅크스를 떠나 다시 앵커리지로 돌아가던 날 아침. 페어뱅크스 한인 회장님 부부가 호텔로 나를 찾아 왔다. 나를 배웅하는 회장님과 낸시 여사님의 눈빛과 작은 손의 움직임은 그 어떤 그리움과 아쉬움을 담고 있었다. 낸시 여사님은 아침 식사도 제대로 못했을 텐데 가다가 먹으라며, 이른 아침에 일어나 준비했을 샌드위치를 내 손에 쥐여주었다. 오로지 나를 위해 준비했을 샌드위치를 받아들자 회장님 부부의 따뜻한 마음이 온전히 느껴져 마음이 뭉클했다. 잠시 스쳐 지나가는 인연일지도 모를 사람을 위해 이렇게까지 정성을 쏟는다는 것은 무척이나 감동적인 일이었다. 앵커리지로 돌아가는 긴 시간 내내 페어뱅크스에서 만났던 교민들과 내가 깊은 연대를 맺었다는 생각이 머리를 떠나지 않았다.
나를 위해 준비한 그 많은 음식들……. 그리고 내가 페어뱅크스에서 다시 앵커리지로 떠나는 날 아침, 나를 위해 일부러 준비한 샌드위치. 그것에서 나는 그들의 마음을 읽었다. 당연한 말이지만 음식은 단순히 살기 위해 먹는 한 끼 식사가 아니다. 그것은 마음을 나누는 매개체이며 우리의 마음 자체이기도 하다. 생각해보면 음식과 관련된, 우리의 마음과 관계에 대한 이야기가 얼마나 많은가. 누군가의 정성이 담긴 음식을 먹는다는 것. 그리고 누군가와 한 끼 식사를 나누며 마음을 공유한다는 것. 음식과 관련된 것은 이처럼 누군가와의 관계 속에 이루어지는 마음의 나눔인 경우가 많다. 나는 페어뱅크스에서 한인들과 함께 밥을 먹으며 그런 마음을 느꼈다. 처음 만난 분들이었지만 한 끼 식사를 함께한다는 것만으로도 우리는 깊은 유대를 맺을 수 있었다.

네 번째 미지:

잃어버린 모험과 미지에의 갈망

모험을 잃어버린 세계

현대문명사회로 접어들면서 우리는 모험과 축제를 잃어버렸다. 우리는 모험의 대상이 되는 미지를 잃어버렸으며, 미지를 잃어버림으로써 더 이상 모험을 떠날 수 없게 되었다. 그러나 우리 마음속에 있는, 모험을 향한 강렬한 욕망은 여전히 우리들의 마음을 들끓게 한다. 새로움에 대한 개척 정신은 우리 안에 존재하는 본능일 것이다. 미지를 개척하고자 하는 정신이 대단한 것이든 아니든 그것이 삶을 추동하는 힘이 된다는 점만큼은 분명하다.

하지만 현대문명사회에서 우리는 모험을 잃어버리고 삶의 안온함에 안주하게 되었다. 문명이 발달할수록 인간이 개척하지 못한 미지의 세계는 줄어들 수밖에 없고, 당연히 모험의 영역 역시 축소될 수밖에 없다. 도시 공간에서 살아가는 우리의 삶은 평화롭고 안온하다. 뿐만 아니라 굳이 모험을 떠나지 않아도 텔레비전과 인터넷을 통해 모험의 세계를 파악하기에 어려움이 없다. 더구나 도시에는 모험을 대체할, 무수히 많은 자극과 흥분이 존재하기 때문에 굳이 모험을 찾아 나설 이유가 없기도 하다.

그럼에도 불구하고 모험에 대한 인간의 갈망은 완전히 해소될 수 없는 것이다. 현대의 이성이 우리의 삶을 지배하고 미지라는 영역이 낱낱이 밝혀진 오늘에 이르러서도 모험이라는 본능은 여전히 인간의 내면에 강렬함으로 남아 있기 때문이다. 인류의 문명은 우주에 가닿을 정도로 발전했지만 그렇다고 해서 모험이라는 본능이 사라지는 것은 불가능한 것이다. 인간은 여전히 미지의 세계로 모험을 떠나기를 끊임없이 희망한다.

하지만 안온한 현대문명사회에서 모험을 실천할 방법을 찾는 것은 무척이나 힘들다. 그리하여 인간은 우리 안에 자리 잡고 있는, 이와 같은 충동을 실현시키기 위해 인공의 모험을 만들어내게 되었다. 우리가 주변에서 흔히 볼 수 있는 스포츠, 게임 등에서 이와 같은 인공의 모험을 쉽게 찾아볼 수 있다. 인간은 이러한 인공의 모험을 만듦으로써 우리가 잃어버린 모험에의 욕망을 복원하려 한다. 자동차 랠리나 서바이벌 게임 같은 것들이 바로 그것이다. 이러한 인위적인 모험의 장 속에서 인간은 잃어버린 모험에의 본능을 복원하려고 한다.

알래스카를 여행한다는 것은 그것이 어떤 방식의 여행이든 모험이라는 인간의 본능을 자극하는 것이다. 물론 모험이라는 인간의 본능을 자극하는 여행의 방식과 장소는 얼마든지 많다. 사막이나 밀림이 있을 수 있으며 우리에게 낯선, 알려지지 않은 곳 역시 미지와 모험에 대한 우리의 본능을 자극한다. 사실 알래스카는 수많은 여행지의 하나일 뿐이다. 그럼에도 불구하고 알래스카를 여행하는 것은 우리 안에 있는 모험과 미지에 대한 열망을 더욱 강하게 자극한다는 점에서 다른 곳을 여행하는 것과 다른 감각을 갖게 한다.

알래스카는 우리가 가닿을 수 없는 극단을 지니고 있는 곳이다. 더는 나아갈 수 없는 곳. 아울러 인류가 척박한 환경 속에서 끈질기게 삶을 이어온 곳. 알래스카는 인간의 삶이 보여줄 수 있는 극한의 상황이 극단적으로 펼쳐진 곳이라는 점에서 우리의 마음을 숙연하게 한다. 그리하여 알래스카로 떠난다는 것은 더 이상 나아갈 수 없는 극의 서사를 향해 가는 것이면서 동시에 극한의 삶 속에 놓인 절박함을 향해 가는 것이기도 하다. 물론 현대문명사회가 시작된 이후, 알래스카에서의 삶은 척박한 환경 속에서 펼쳐지는 극단적인 것은 아니다. 하지만 그곳은 여전히 쉽지 않은 자연환경 속에서 만만치 않은 어려움을 견뎌야 하는 곳이다.

그리고 대부분의 미지가 밝혀졌다고는 하지만 알래스카는 여전히 미지로서의 극의 환상을 품고 있는 곳이기도 하다.
남극권이 바다로 둘러싸인, 인간의 흔적이 애초부터 존재하지 않았던 곳이라면, 북극권은 대륙을 수용하며 인간의 고통과 고난과 도전이 공존했던 곳이다. 그곳에는 절박한 인간의 삶이 있으며, 견디고 이겨내야 하는 생존의 절실함이 있다. 그런 점에서 남극이 신비와 환영으로서의 극이라면 북극은 우리의 삶이 녹아 있는 지점으로서의 극이다. 따라서 북극권에 간다는 것은 우리 삶이 잃어버린 미지와 모험을 향해 나아가는 것이다. 설령 그것이 우리가 생각하는 거창한 모험이 아니어도 그렇다. 알래스카에 간다는 사실 하나만으로도 그것은 우리 안에 잠재해 있는 미지를 실현시키는 것이기 때문이다.

잃어버린 축제를 위하여

나는 우연히 거드우드 마을에서 열린 작은 마을 축제 Girdwood Forest Fair를 구경하게 되었는데, 알래스카의 축제를 경험하며 우리 삶의 중요한 즐거움의 장이었던 축제의 의미를 떠올리게 되었다. 거드우드의 소박한 마을 축제는 이제는 사라진, 진정한 축제의 모습처럼 나에게 다가왔다. 거드우드의 마을 축제는 화려하지는 않았지만 우리의 삶을 진정으로 위로하는 그런 느낌이었다. 그것은 마치 원시 공동체에서

사냥한 이후에 벌이는 축제처럼 우리 삶의 본질과 맞닿아 있는 진정한 행복으로 다가왔다.

현대인들이 잃어버린 것은 미지와 모험뿐만이 아니다. 우리는 미지와 모험 이외에 축제를 잃어버림으로써 삶의 진정한 즐거움을 잃어버리고 말았다. 그리고 우리의 삶에 진정한 축제가 사라져버림으로써 우리 삶은 지리멸렬한 권태 속으로 떨어지게 되었다. 그런데 축제가 사라졌다는 말을 의아하게 생각하는 사람들도 있을 것이다. 그 이유는 우리의 삶 주변에 너무나 많은 축제가 열리고 있으니까 말이다. 축제는 세계와 국가 단위뿐만 아니라 아주 작은 지역에 이르기까지 도처에서 열리고 있다. 올림픽이나 브라질의 카니발 등을 떠올리지 않더라도 축제는 이곳저곳에서 무수히 많이 열린다. 가까운 일본의 축제인 마츠리만 하더라도 헤아릴 수 없을 정도로 많이 열리고 있지 않은가. 그리고 사람들은 이러한 축제를 단지 관람하는 데 그치지 않는다. 사람들은 축제에 직접 참여하고 즐김으로써 축제를 완성시킨다.

그런데 아이러니하게도 우리의 삶 곳곳에 무수히 많은 축제가 열리는 것은 진정한 의미의 축제가 우리 삶에서 사라졌기 때문이다. 현대문명사회로 넘어오게 되면서 우리의 삶은 진정한 축제를 잃어버리게 되었다. 그리하여 현대인들은 축제를 잃어버린 채 무미건조한 삶을 살 수밖에 없게 되었다. 우리의 삶은 현대라는 비극을 지나오며 삶의 진정한 가치와 의미를 잃어버린 채 허공을 부유하는 먼지와 같은 삶이 되어버린

KETTLE

FREE
FILTERED
WATE
SPECIALTY SODAS
FLAVORED ENERGY DRINKS
BERRY LEMONADE
Friar
DRUM COMPANY

것이다. 물질과 욕망만 남게 된 현대라는 세계 속에서 우리들은 진정한 기쁨으로서의 축제를 잃어버리게 된 것이다. 충만함과 기쁨과 감사가 넘치는 축제. 이제 씨앗을 뿌리고 작물을 수확한 이후에 소박하게 누리는 진정한 축제는 찾기 힘들게 되었다. 그리하여 우리의 삶과 세계는 물질과 욕망으로 뒤범벅이 된 채 즉흥적 쾌락으로만 남게 되었다. 인간의 삶은 체제와 문명 속에 종속되었고, 그 안에 진정한 삶의 가치는 사라지게 된 것이다.

현대사회가 만들어낸 축제는 사실 진정한 축제를 잃어버린 우리들의 삶을 위로하고자 생긴 것이다. 그리고 현대 이후에 마주하게 된 삶의 비극성을 감추고 위장하고 위로하고자 만든 것이 현대의 축제이기도 하다. 자연스러운 가운데 만들어지고 즐기는 축제가 아니라 인위적으로 축제를 만들어 현대의 비극적 삶을 감추려 한 것이다. 우리 주변을 살펴보면 실로 수없이 많은 축제가 열리고 있다. 축제의 모든 의미를 이러한 방식으로 읽어낼 수는 없겠지만, 현대 이후의 우리의 삶과 세계가 축제를 잃어버린 것은 분명하다. 그리고 축제가 사라진 세계 속에서 우리들은 인위적인 축제의 장을 만들어 잃어버린 우리 안의 흥분과 즐거움을 복원하고자 한 것이다. 하지만 상당수의 축제는 즐거운 그 무엇이기보다 천박한 감수성과 자본의 논리에 얽매인 경우가 많다. 물론 그것은 인위적인 축제이니만큼 어쩔 수 없는 것이기도 하다. 그리고 이렇게 만들어진 축제를 통해 현대인들의 마음이 조금이나마 위로받는다면 그것만으로도 인위적인 축제의 역할은 충분할지도 모른다.

Girdwood Forest Fair

그런 점에서 알래스카 여행 중에 우연히 들르게 된 작은 마을 축제는 나에게 커다란 기쁨이었다. 앵커리지 인근 거드우드라는 작은 마을에서 매년 여름 열리고 있는 Girdwood Forest Fair가 바로 그 축제였다. 거드우드의 마을 축제는 마을 주민 모두가 소박하고 행복하게 즐긴다는 점에서 흔히 볼 수 있는 인위적이고 천박한 축제와는 사뭇 다른 느낌이었다. 그것은 그야말로 삶의 한순간을 행복하게 즐기는 모습이었다. 주민들이 직접 만든 물건을 팔고, 화려하지는 않지만 열심히 준비한 공연을 하고, 맥주를 마시며 그 모든 것을 즐기는 주민들의 모습은 행복한 축제 그 자체였다.

거드우드 마을 축제에 가게 된 것은 온전히 교통정체로 인한 우연이었다. 스워드에서 앵커리지로 가는 도로가 극심한 정체를 빚었는데, 알래스카에서 이렇게까지 도로가 막히는 경우는 매우 드물다고 했다. 끝도 없이 이어진 차량 행렬은 좀처럼 줄어들 기미가 보이지 않았다. 인터넷 검색을 해보니 앵커리지 인근 도로에서 큰 교통사고가 났다고 했다. 사고가 조금 전에 수습이 되었다는 소식을 확인했지만 교통사고가 난 곳까지 상당한 거리였기 때문에 도로가 다시 원활하게 소통되기까지는 꽤 오랜 시간이 걸릴 듯싶었다. 이런 상황이라면 길 위에서 저녁까지의 시간을 다 보내게 될 듯싶었다. 할 수 없이 정체가 풀릴 때까지 인근을 둘러보고 가기로 하고 차를 돌려 샛길로 빠졌다. 그런데 샛길로 빠져 얼마 가지 않아서 길가에 주차된 차량과 사람들의 모습이 보이기 시작했다.
도로 한편 숲으로 이어진 길에는 플래카드가 걸려 있었고 곳곳에 간이 천막이 눈에 띄었다. 한눈에 작은 마을 축제라는 느낌이 들었는데, 의외로 많은 사람들이 찾아 왔는지 주차할 자리조차 여의치 않았다. 조그마한 사거리에는 자원봉사자들이 나와 바쁘게 교통정리를 하고 있었다. 축제장 입구에서 조금 떨어진 곳에 주차하고 축제장까지 걸어가는 동안 동네 주민들이 나를 신기한 듯 바라보았다. 생각해보니 그도 그럴 것이 마을 축제를 구경하는 내내 동양인은 나 혼자뿐이었다. 더구나 알래스카에서 한국인 여행자를 만나는 건 상대적으로 흔한 일이 아니기 때문에 그들의 눈에 나의 모습이 더 도드라진 듯싶었다.
내가 알래스카에 머문 동안 기억에 남는 장면을 꼽는다면 바로 이날 갔던 거드우드 마을 축제도 그중 하나이다. 일반적으로 알래스카 여행에서 인상적인 것이라면 겨울의 오로라와 여름의 백야 그리고 광대한 자연과 빙하와 만년설, 타키트나에서 경비행기를 타고 만년설 위에 랜딩하는 것 등이 먼저 떠오르겠지만, 거드우드의 소박한 마을 축제 역시 그에 못지않게 나의 기억에 남아 있다. 그 이유는 거드우드의 마을 축제에서 알래스카 현지인들의 삶 속에 들어갔다는 느낌을 받았기 때문이었다.

GIRDWOOD FOREST FAIR
JULY 7, 8 & 9 2017

거드우드 마을 축제에는 주민들이 직접 만든 조각품과 그림 등의 수공예품과 아이들이 집에서 만들어온 레모네이드 등을 팔고 있었다. 어느 것 하나 정성이 들어가지 않은 것이 없었고, 그들 모두가 물건을 팔기 위해서라기보다 축제를 즐기러 온 듯한 모습이었다. 그야말로 물건을 팔기 위해, 장사를 하기 위해 나온 사람은 하나도 없는 듯 보였다. 이러저러한 물건을 파는 곳을 지나자 소박하게 꾸민 무대 위에서 지역 주민으로 이루어진 밴드가 올드팝을 연주하고 있었고 춤과 묘기를 준비하고 있는 사람들도 있었다. 이들은 긴 겨울을 이겨낸 기쁨을 온몸으로 즐기고 행복해하는 듯 보였다.

축제장 한편에는 맥주를 판매하는 곳이 있었는데, 울타리를 친 제한된 곳에서 맥주를 즐기는 주민들과 여행자들의 모습이 흥겨워 보였다. 맥주 판매장은 신분증 검사를 한 이후에 성인들만 입장이 가능했는데, 부모와 함께여도 아이들은 입장할 수 없었다. 나도 여권을 보여주고 입장할 수 있는 손목 밴드를 착용한 후에 들어갔다. 저마다 맥주잔을 든 채 웃고 떠들며 행복해하는 모습이 보기에 좋았다. 나도 그들 사이에 끼어 연신 건배를 외치며 맥주를 마셨다. 알래스카 주민을 비롯하여 전 세계에서 모여든 여행객이 작은 시골 마을 축제에서 만나 맥주를 마시는 풍경은 소박한 아름다움으로 남아 있다. 다음번에 다시 알래스카에 오게 된다면 꼭 거드우드 마을 축제 기간에 맞춰 오리라 다짐할 정도로 나에게 인상적인 축제였다.

맥주를 마시고 있는데 사람들의 시선이 한 곳으로 모이는 것을 느꼈다. 사람들의 시선을 따라가자 나무 꼭대기에 매달린 채 오도 가도 못하고 있는 야생 아기 곰이 보였다. 아마도 어찌어찌 이곳까지 왔다가 사람들의 왁자지껄한 소리에 놀라 나무 위에서 꼼짝도 못하고 있는 듯싶었다. 알래스카에 온 이후에 매 순간 느끼는 것이지만, 이곳에서 야생의 세계는 삶 너머에 있는 것이 아니라 인간의 삶과 하나 된 지점에 존재하는 것이었다. 곰과 무스를 비롯한 다채로운 동물들과 자연스럽게 섞인 알래스카의 삶은 그 자체로 야성의 시원을 담고 있는 아름다움일 수밖에 없다. 인간의 삶과 야생의 삶이 늘 교차하며 하나의 세계를 이루고 있는 모습이었다.

알래스카에는 거드우드 마을 축제를 비롯하여 백야 마라톤 대회 등 많은 축제가 열린다. 겨울철에 열리는 축제도 많기는 하지만 여름에 열리는 축제는 알래스카 사람들에게 삶의 활력이자 긴 겨울을 이겨낼 수 있게 하는 힘이다. 따라서 알래스카 사람들에게 여름의 축제는 지난한 겨울을 이겨낸 자신에게 내리는 상과도 같은 것이며, 다음 겨울을 이겨내기 위한 삶의 원천이다. 알래스카의 축제는 이처럼 삶과 밀착되어 있다는 점에서 다른 지역의 축제보다 좀 더 축제의 원형에 가깝다는 생각이 든다. 인위적으로 만든 축제의 대부분이 단순하게 즐기기 위한 것인 반면 알래스카의 축제는 긴 겨울이라는 지난함에 대한 보상이자 앞으로 다가올 지난함에 대한 충전의 역할을 하기 때문이다. 그런 이유 때문인지 알래스카 사람들은 축제를 삶의 한 부분으로 생각하며 진정으로 즐기는 모습이었다. 그들의 축제는 상업적인 느낌보다 축제 자체에 행복해하는, 삶의 빛나는 한순간과도 같은 모습이 강하게 느껴졌다. Girdwood Forest Fair는 앵커리지에서 멀지 않은 거드우드 인근 마을에서 매년 7월 초에 개최된다. 다만 Girdwood Forest Fair를 갈 때 화려한 축제를 기대하거나 떠올리면 안 된다. Girdwood Forest Fair는 소박하게 즐기는 삶의 여유와 행복이다. Girdwood Forest Fair는 그런 소박한 여유와 행복을 원하는 사람에게 추천할만한 축제이다.

알래스카의 축제

알래스카에서는 우리가 일반적으로 생각하는 것과는 달리 무수히 많은 축제가 열린다. 그리고 우리의 예상과 다르게 겨울철에 열리는 축제가 꽤 많다는 점 역시 이채롭다. 알래스카의 관광 시즌이 6월부터 8월까지이고 대부분의 여행자들이 그 기간에 알래스카를 방문하지만 적지 않은 축제가 겨울철에 열린다. 우리의 상상을 초월하는 추위 속에서의 축제라니 생각만 해도 아찔하지만, 그런 추위에 익숙한 알래스카 사람들은 겨울의 추위를 그야말로 행복하게 즐긴다. 알래스카는 영하 30°C가 넘는 추위와 폭설로 인하여 기나긴 겨울철은 야외 활동이 제한적일 수밖에 없다. 그 때문에 사람들은 자연스럽게 움츠러든 생활을 할 수밖에 없는데, 겨울철에 열리는 알래스카의 축제는 이렇게 움츠러든 지역 주민을 배려하기 위한 이유가 있는 것이다.

여름철의 축제에서도 느낄 수 있지만, 축제가 알래스카 사람들의 삶과 완벽하게 동화되어 있다는 것을 확실히 느낄 수 있는 것은 겨울 축제를 대하는 그들의 모습에서이다. 한껏 움츠러들 수밖에 없는 겨울에도 그들은 삶의 일부분으로 축제를 즐긴다. 그들의 그런 모습을 떠올리며 나는 알래스카 사람들에게 축제를 잃어버린 현대인들의 모습은 애초에 없었던 것이 아닌가라는 생각을 했다. 그만큼 그들은 삶에 대한 감사와 휴식으로서의 진정한 축제의 의미를 온몸으로 느끼고 있는 것처럼 보였다. 그렇기 때문에 알래스카의 축제는 그 규모가 크거나 화려한 것은 아니었지만 현대인들이 잃어버린 진정한 축제의 원형과 같은 느낌으로 나에게 다가왔다.

가장 대표적인 알래스카의 겨울 축제는 개썰매 대회이다. 매년 3월 첫 번째 주 페어뱅크스에서 열리는 개썰매 대회는 개와 사람이 호흡을 맞춰 달리는 머나먼 여정이 매우 흥미진진하다. 대회 명칭은 '이디타로드'(iditarod)인데 에스키모의 언어로 '먼 길'이라는 뜻을 지니고 있다. 이 대회는 대회 명칭 그대로 머나 먼 길을 달려야 하는, 쉽지 않은 개썰매 대회이다. 참가자는 1,600km를 달려야 하며 10일 내외의 긴 여정 동안 엄청난 강풍과 최고 영하 70도에 이르는 추위를 이겨내야 한다. 영하 10도만 넘어도 몸이 움츠러드는 우리로서는 상상조차 할 수 없는 추위이다. 강추위와 맞서며 먼 거리를 질주해야 하는 경주이기에 추위에 익숙한 알래스카 사람에게도 쉽지 않은 여정이다. 때문에 이디타로드 개썰매 대회는 중간에 필수 휴식 시간을 정해놓기도 한다. 이디타로드 개썰매 대회는 1925년 전염병에 걸린 마을에 백신을 가지고 1,600km를 달려온 데에서 유래했다.

개썰매를 몰고 1,600km를 달리는 10일간의 여정을 떠올린다. 극한의 추위와 바람과 맞서며 달리는 그 길은 상상조차 하기 힘든 고통을 감내하는 것이리라. 그 길은 자신과의 싸움이면서 동시에 다른 존재와의 깊이 있는 소통의 길이기도 하다. 개썰매 대회에 출전하는 사람들은 일 년을 오로지 대회 출전을 위해 바치곤 하는데, 이때 가장 중요한 것은 썰매 개를 아끼고 사랑하는 마음이다. 썰매 개에 대한 진정한 사랑과 배려가 없다면 당연히 대회에서 좋은 기록을 낼 수 없다. 따라서 대회 출전자가 개에 대한 애정이 남달라야 한다는 점은 말할 필요조차 없을 정도로 당연한 일이다.

개썰매 대회에 출전한 사람이 자신과의 싸움에서 이기지 못한다면 고통과 외로움을 이겨내지 못할 것이다. 그리고 다른 존재에 대한 애정과 배려와 소통이 없다면 썰매를 끄는 개들과 그토록 긴 여정을 함께 할 수도 없을 것이다. 그런 점에서 개썰매 대회는 단지 누가 빨리 결승선에 이르렀느냐는 중요한 문제가 아니다. 그것은 나와의 싸움이며 다른 존재와의 소통이라는 의미를 지닌다. 하지만 개썰매 대회는 환경운동가들과 동물단체의 비판을 받고 있기도 하다. 개썰매 대회의 여러 의미와 긍정적인 점에도 불구하고, 그것이 환경 파괴와 동물 학대의 측면을 동반할 수밖에 없는 한계 때문이다. 환경에 대한 문제도 문제지만 1,600km를 달린다는 것은 개에게 가혹한 행위가 분명하다.

개썰매 대회뿐만이 아니라 알래스카 사람들은 다양한 겨울 축제를 적극적으로 즐긴다. 여름의 축제와 마찬가지로 야외에서 맥주를 마시며 춤을 추고 음악을 들으며 한겨울을 보내기도 한다. 이런 알래스카 사람들을 보면 천성이 낙천적인 것처럼 보인다. 일반적으로 추운 나라의 사람들보다 따뜻한 나라의 사람들이 낙천적이라는 것이 보편적인 생각이지만 내가 알래스카에서 만난 사람들은 추위를 견디며 살아야 하는 혹독한 자연환경에도 불구하고 무척이나 친절하고 낙천적이었다. 이러한 알래스카 사람들의 낙천적인 성격은 아마도 자신들 삶의 환경을 수용하고 이해하는 태도에서 비롯된 것이리라. 그리고 그러한 태도로부터 축제를 진정으로 즐길 수 있는 빛나는 삶이 시작되었다는 생각이 들었다.

호머 그리고 Alice's Champagne Palace

알래스카의 땅끝마을 호머로 가는 길은 내게 특별한 아름다움으로 남아 있다. 서늘함과 쓸쓸함이 가득 묻어나는 것만 같은 아름다움. 호머의 아름다움은 마음을 차분하게 가라앉게 하는 정적인 매력으로 가득

하다. 호머에 대한 아름다움을, 그 아름다움을 보고 느꼈던 나의 마음을 글로 설명할 수 있을까? 호머의 아름다움은 그곳의 땅과 바다와 공기에 묻어 있는 고요 속에 있다는 생각이 든다.

호머는 앵커리지에서 자동차로 4시간 거리에 있는, 자동차로 갈 수 있는 서쪽의 마지막 땅끝마을이다. 패키지 여행 등의 투어 상품이 다루지 않는 지역이기 때문에 호머를 여행하는 여행자는 그리 많지 않다. 알래스카를 취급하는 여행사도 거의 없는 상황이고, 알래스카를 취급하는 몇 안 되는 여행사에서 호머를 일정에 넣는 경우가 전혀 없기 때문에 호머는 소수의 개별 여행자만이 방문하는 곳이다.

호머는 땅끝이라는 상징성 때문에 미국인들도 많이 찾는 곳이다. 지상의 마지막 장소. 더는 나아갈 수 없는 곳이 주는 울림은 우리에게 많은 생각을 하게 만든다. 고요와 적막이 지상의 마지막 지점이라는 울림과 만나며 호머라는 공간을 더욱 특별하게 만든다. 그것은 마치 세상의 끝에 가닿은 듯한 느낌이며, 그리하여 삶의 모든 것을 사유하고 돌아보게 만드는 원천이다. 알래스카에 간다면 자동차를 몰고 호머의 한가로운 고요와 적막을 꼭 경험해보라고 권하고 싶다.

호머의 니닐칙 해변과 호머 Spit, 쿠퍼 랜딩, 러시안 리버, 러시아 정교회가 있는 작은 마을에 이르기까지 호머의 고요한 아름다움은 매혹 그 자체라고 할 수 있다. 니닐칙 해변은 거칠고 적막한 해변과 바다의 거대 서사를 경험할 수 있는 곳인데, 도로가 없어 자동차로 갈 수 없는 설산이 바다

A person under 21
premises in
violation of law
civilly liable for
Drinking alco
beverages suc
beer, wine
coolers,
during pregnan
cause birth de
WARNI
PROVIDES ALCOHOLIC
YEARS OF AGE,
AS 04.16.051, COULD
FIVE YEARS AND FIN
UP TO $50,000.
07/09/17
HAPPY BIRTHDAY DON
NEUGEBAUER
LONG SLEEVE T'S
3 DAY John

너머에 그림처럼 펼쳐진 풍경이 무척이나 아름답다. 그리고 호머 Spit는 퇴적층이 마치 바다가 갈라진 느낌을 자아내는 곳인데, 독특한 가게들이 길가에 즐비하여 구경하는 즐거움이 매력적인 곳이다. 호머 Spit에서 가장 유명한 가게는 등대 모양의 펍이다. 그런데 이 펍이 유명한 이유는 등대 모양이어서가 아니라 실내에 가득 붙어 있는 전 세계의 지폐 때문이다.

호머에서의 여정은 목적지까지의 이동 시간이 비교적 짧았기 때문에 비교적 여유롭게 즐길 수 있었다. 니닐칙 해변을 한가롭게 산책하고 러시아 정교회의 들판과 묘지를 그저 걷는 단순한 여정은 오래도록 나의 기억을 사로잡고 놓아주지 않았다. 그리고 나의 마음을 사로잡은 호머에서의 특별한 기억이 한 가지 더 있다. 호머의 주말 밤에 방문했던 Alice's Champagne Palace에서의 흥겨움이 바로 그것이다. 저녁 식사를 마친 후에 호머의 거리를 천천히 산책하다 만난 Alice's Champagne Palace.

Alice's Champagne Palace는 맥주 등의 술과 안주를 파는 펍인데 주말이면 작은 무대에서 다양한 공연이 열리는 곳이었다. 내가 방문했을 때에는 브라스 밴드가 흥겹게 연주하고 있었고 사람들은 테이블 사이와 무대에서 자유분방하게 춤추고 마시고 이야기를 나누고 있었다. 호머의 고요와 적막과는 너무나 다른 느낌. 그것은 호머의 느낌과 너무나 달랐지만 그렇다고 이물감이 느껴지는 풍경은 아니었다. 오히려 호머의 고요와 적막 속에 펼쳐진 흥겨운 펍의 분위기는 축제의 그것처럼 삶의 흥분과 생명력을 불러일으키는 듯한 느낌을 들게 했다. Alice's Champagne Palace에서 너무나 자유롭게 춤추고 노래하던 밤과 새벽의 시간은 두고두고 잊히지 않을 것만 같다. Alice's Champagne Palace가 만들어내는 시간은 삶의 무미건조함을 견디게 하는 축제의 한 순간 그 자체였다. 우리는 그렇게 춤추고 노래하고 마시며 저물지 않는 알래스카의 밤을 지나치고 있었다. 그리하여 그것은 마치 축제의 한순간처럼 뜨겁고 강렬하게 자정 너머의 새벽을 향해 달아오르고 있었다.

한밤에 연어를

알래스카에서는 저녁이 지나 밤이 시작되어도 환한 백야 탓에 식사 시간이며 호텔로 돌아갈 시간을 놓치기 일쑤이다. 알래스카의 저녁은 펼쳐지는 시간도 공간도 모호하게 다가온다. 그런 밤은 우리를 언제나 각성 상태에 머물게 한다. 밤이 오고 피곤이 몰려와도 의식은 여전히 대낮의 그것처럼 깨어 있으려 한다. 하지만 깨어있는 의식과 피곤이 혼재된 상태가 지속될수록 백야의 밤은 혼곤한 잠처럼 우리를 몽롱한 상태에 이르게 한다. 알래스카 사람들은 늦은 밤까지 이런저런 야외 활동을 즐기는데 연어 낚시도 그중 하나이다.
앵커리지의 강이며 연어 낚시터에는 늦은 밤까지 낚시꾼들이 연어를

잡기에 여념이 없다. 알래스카의 사람들은 짧은 여름이 아쉬운 듯 밤이 깊도록 낚시를 하고 산책을 하며 한여름 밤의 빛을 즐긴다. 나 역시 늦은 밤 앵커리지의 강변을 산책하며 오후의 느긋함과 같은 밤의 거리를 즐기곤 했다. 저물지 않는 밤의 빛을 받아 강물은 아련하게 빛났고, 강변에는 형형색색의 꽃이 피어 있었다. 한가로운 바람이 선선하게 꽃의 이파리를 지나, 한여름 밤을 가로지르는 빛의 결을 출렁이는 것만 같았다. 강 아래에는 연어를 낚는 사람들이 드문드문 강물에 자신의 몸을 담그고 있다. 허리 아래까지 몸을 담근 채 그들은 강물에 낚싯대를 드리우고 물의 흐름 속에 천천히 낚싯줄을 풀어놓고 있었다. 그들은 마치 강물의 흐름을 읽는 것처럼 물의 결을 따라 낚싯줄을 당겼다 풀기를 반복하며 하루를 마무리하려는 중이다.

알래스카에서 연어 낚시를 하는 사람들을 볼 때마다 나는 그들이 행복한 삶의 한가운데를 가로지르고 있다는 생각이 들었다. 그리고 그들의 낚시는 고요한 느낌을 자아내는 정적인 휴식이 아니라 삶을 즐기는 자의 행복하게 빛나는 어느 순간이라는 생각이 들기도 했다. 그것은 저물녘의 하늘을 바라보며 삶의 진정한 의미를 깨닫는 순간의 행복함과도 같은 것이었다. 그런 점에서 알래스카 사람들의 삶은 처음부터 현대의 일상이 주는 비극성으로부터 벗어나 있는 것처럼 느껴졌다. 물론 알래스카 사람들이라고 해서 삶의 일상이 주는 비극성으로부터 비껴서 있는 것은 아닐 것이다. 그들의 삶 역시 우리 삶의 비극적 일상이 주는 고통에 놓여 있을 것이다. 그럼에도 불구하고 그들의 삶이 일상으로부터 비껴서 있는 듯 느껴지는 것은 거대 자연의 서사와 가까이 있는 삶의 모습 때문일 것이다.

당연히 알래스카 사람들 역시 일상의 비애를 피할 수는 없다. 여행지가 아닌, 삶의 공간으로서의 알래스카는 다른 공간과 다를 바 없는 일상으로서의 터전일 뿐이다. 하지만 원시 자연의 한가운데 거처를 마련한 이들의 삶은 도시적 일상 속에 매몰된 우리의 삶과 분명히 다른 부분이 있다. 그런 곳에서의 일상 역시 본질적으로 다른 것은 아니겠지만 도시적 일상과 같다고도 할 수 없을 것이다. 그런 점에서 그들의 일상은 혹독한 자연환경 속에서도 분명 축복받은 것이다. 물론 여행자인 나의 시선으로 그들의 일상을 파악하는 것은 한계가 있을 수밖에 없다. 나는 알래스카를 여행자의 시선으로 바라보고 있는 것이고, 그렇기 때문에 그 안에 일상의 시선이 개입될 여지가 별로 없기 때문이다. 그러니 나의 눈에 비친 알래스카 사람들의 삶 역시 그들이 감내해야 하는 일상의 그것과 다르게 보일 수밖에 없을지도 모른다. 그럼에도 불구하고 나는 그들의 삶이 부럽다는 생각을 지울 수 없었다. 알래스카의 자연과 환경은 분명 아름다운 축복이기 때문에…….

알래스카의 미지를 떠올리며

앵커리지의 강변을 산책하고 돌아와 관광안내소에서 가져온 알래스카 지도를 본다. 지도를 보다 내가 있는 앵커리지가 알래스카 남쪽의 아주 작은 지점에 불과하다는 것을 문득 깨닫는다. 알래스카가 미국 영토 전체의 20% 크기에 이를 정도로 거대한 땅이라는 것은 알고 있었지만 알래스카 지도를 보니 그것을 실감할 수 있었다. 거대하게 느껴졌던 앵커리지 인근의 자연이 알래스카의 작은 일부에 지나지 않는다는 점이 생생하게 다가왔다.

알래스카 페어뱅크스에서 도로로 갈 수 있는 최북단을 살펴보았다. 데드호스(Deadhorse). 이름조차 마음을 서늘하게 하는 낯선 곳. 알래스카를 여행하는 것은 어떻게 보면 그다지 어렵지 않은 일이다. 길은 잘 닦여 있고 숙소와 자연은 잘 정비되어 있기 때문에 여행자는 그저 자동차에 몸을 맡긴 채 자연을 감상하면 되기 때문이다. 하지만 이처럼 편하고 여유롭게 감상하는 것은 알래스카에서 만날 수 있는 자연의 극히 일부분일 뿐이다. 물론 대부분의 여행자가 이러한 모습 이상의 자연을 만날 가능성은 거의 없다. 하지만 우리가 볼 수 있는 자연의 경이만으로도 알래스카의 매력이 무엇인지 느끼기에는 부족함이 없다.

그러나 우리가 만날 수 있는 알래스카가 매우 한정적인 지역에 그친다는 점이 아쉬운 것은 분명한 사실이다. 앵커리지와 페어뱅크스, 발데즈로 이어진, 알래스카 인구의 대부분이 거주하는 지역을 제외한다면 알래스카의 대부분은 여전히 인간의 발길이 쉽게 가닿을 수 없는 곳이다.

대부분의 지역은 도로가 연결되어 있지 않기 때문에 수상 비행기 등이 아니면 갈 수 없는 곳이다. 그런 점에서 알래스카는 우리가 생각하는 것보다 더 깊고 넓은 미지를 품고 있는 곳이다. 그곳은 여전히 인간의 발길을 거부한 채 원시 자연 그대로의 모습을 지니고 있다.

물론 알래스카 여행에서 우리가 접할 수 있는 원시 자연은 알래스카의 극히 일부에 불과하지만, 그것만으로 극지의 자연이 전달하는 거대 서사는 충분히 전달된다. 그런데 그런 자연의 모습이 알래스카가 품고 있는 모습의 일부분에 지나지 않는다니 그저 놀라울 뿐이다. 오래전, 얼어붙은 베링해협을 건너 알래스카에 첫발을 디딘 이들에게 이토록 거대한 자연이 어떤 모습으로 다가왔을까라는 생각이 든다. 그리고 그들이 어떻게 이렇게 압도적이고 혹독한 환경을 뚫고 이곳에 정착할 수 있었는지 경외감이 들기도 한다. 알래스카의 원시 자연은 그 자체로도 놀랍지만 자연과 한 몸이 되어 삶을 일군 이들의 모습에서도 경이로운 생각이 든다. 그런 점에서 알래스카의 자연은 우리가 잃어버린 모험이 시작된 곳이다. 그리고 여전히 인간의 발길을 쉽게 허락하지 않는다는 점에서 미지에의 모험이 현재진행형인 곳이라고도 할 수 있다.

Natural Wonders

"The touch of the Arctic wind caressing my cheeks, the sweet smell of the Arctic tundra, the pale light of these summer nights, clusters of forget-me-nots, so small as to be easily overlooked - I want to stand still, compose myself, and record this landscape in the memory of my five senses. I want to value these moments that flow by, without producing anything at all. I always want to know in my heart that there is another kind of time flowing by in parallel with the hectic conduct of man's daily life."

Michio Hoshino, *TABI O SURU KI [THE TRAVELING TREE]*, 1995
Translation by Karen Colligan-Taylor

Michio Hoshino was born in Chiba Prefecture, Japan on September 27, 1952. At the age of sixteen, he spent a summer hitchhiking through the United States, Mexico, and Canada. Years later, Michio encountered a copy of *Alaska*, published by the National Geographic Society, and found himself turning again and again to an aerial photograph of the small western Alaskan village of Shishmaref. In the summer of 1973 he spent three months with an Eskimo family in Shishmaref and after completing his degree at Keio University came back to Alaska to begin a nineteen-year journey as a photographer of northern landscapes, wildlife, and peoples.

Fifteen photo and essay collections were published in his lifetime. Michio's photographs have appeared in American journals such as *National Geographic, Geo,* and *Audubon*. In 1986 Michio won the Anima Prize for Wildlife Photography, and in 1990 he was awarded the Kimura Ihei Prize, the highest recognition for photographic art in Japan.

On August 8, 1996 Michio was pulled from his tent and killed by a brown bear at Kurilskoya Lake, a remote brown bear refuge in southern Kamchatka. There are all kinds of people and there are all kinds of bears. The gifts of Michio's photography live on.

There are 130 photographic prints, gift of Naoko Hoshino, in the Museum's Fine Arts collection.

다섯 번째 미지:

호시노 미치오와 함께 알래스카

호시노 미치오와 함께 알래스카

알래스카에 가고자 했을 때, 가장 먼저 떠오른 것은 세계적인 야생 사진작가 호시노 미치오였다. 그리고 내가 알래스카에 대한 신비와 경외의 감정을 갖게 된 애초의 순간 역시 호시노 미치오의 사진을 보았던 때였다. 그의 사진 속에 있던 원시 자연의 알래스카. 호시노 미치오는 알래스카의 자연과 처음부터 한 몸이었던 것처럼 우리가 쉽게 바라볼 수 없는 알래스카의 생생한 순간을 자신의 사진 속에 담았다. 그의 사진을 보고 있노라면 호시노 미치오의 삶 자체가 알래스카라는 생각이 들고는 한다. 그의 사진은 피사체에 대한 애정이 없다면, 진심을 다해 그것에 다가가지 못하면 결코 드러낼 수 없는 경이와 신비를 담고 있다. 그의 사진은 단순히 아름다운 대상을 포착한, 잘 찍기만 한 것이 아니다. 그의 사진은 피사체에 대한 경외와 존중, 사랑과 절실함이 없다면 결코 찍을 수 없는 질감과 정서를 품고 있다.

그가 포착한 알래스카의 모습은 나의 상상 속에 있던 알래스카의 풍경 그 자체였다. 우리의 시선이 쉽게 포착할 수 없는 미세한 부분들까지 현장감 있게 포착한 그의 시선은 나의 마음을 어느덧 알래스카라는 신비로 인도했다. 알래스카 여행을 결심한 이유 중 하나는 바로 그런 호시노 미치오의 사진을 직접 볼 수 있다는 것 때문이었다. 그의 사진을, 그리고 그의 흔적을 직접 바라보고 느낄 수 있다는 것 자체가 알래스카의 숨결을 온전히 느낄 수 있는 것이라는 생각이 들기까지 했다. 나는 우연히 그의 사진이 알래스카대학교 페어뱅크스 캠퍼스에 있는 북극박물관(University of Alaska Museum of the North)에 상설 전시되어 있다는 사실을 알게 되었다. 호시노 미치오의 사진이라니……. 그의 사진을 직접 볼 수 있다니……. 그래, 호시노 미치오의 사진이 그곳에 있다는 사실만으로도 알래스카에 갈 이유는 충분했다.

호시노 미치오는 십 대에 알래스카를 여행한 이후, 알래스카에 매료되어 이십 대부터 알래스카에 살면서 알래스카의 사진을 찍은 세계적인 야생 사진작가이다. 그는 알래스카로 이주한 이래 평생을 알래스카에서 알래스카 사람으로 살았다. 호시노 미치오가 알래스카에 가게 된 것은 우연히 동경 시내의 헌책방에서 알래스카를 촬영한 조지 모블리의 사진집을 본 것이 계기가 되었다고 한다. 호시노 미치오는 조지 모블리의 사진 속에 나온 알래스카 쉬스마레프 마을에 가고 싶다는 생각을 하게 되었고 그것을 실행에 옮겼다. 호시노 미치오는 쉬스마레프 마을의 촌장에게 그곳을 방문하고 싶다는 편지를 썼고, 반년 뒤에 쉬스마레프 마을의 촌장에게 환영한다는 답장을 받았다. 그리고 그곳을 방문하여 에스키모 일가와 3개월의 시간을 함께했다. 호시노 미치오는 그 뒤 일본으로 돌아가 대학을 졸업하고 동물 사진작가 다나카 고조의 조수로 일을 하며 사진 작업을 시작한다. 그리고 그는 1987년 다시 알래스카로 돌아와 알래스카대학교 야생동물관리학부에 입학한 이후 본격적으로 알래스카의 자연과 동물을 찍는 작업을 하게 된다. 알래스카는 호시노 미치오가 고향 이상의 애정을 쏟은 곳이다. 하지만 그 사랑이 너무 깊고 애절해서일까? 호시노 미치오는 1996년 캄차카반도 쿠릴 호수에서 촬영 여행 도중 불곰의 습격을 받고 숨을 거두게 된다.

그의 죽음이 결코 축복일 수는 없겠지만, 그의 죽음은 그를 알래스카의 신화로 만들었다. 삶이 죽음으로 완성되는 것은 아니겠지만 호시노 미치오의 드라마틱한 죽음은 알래스카에 대한 그의 마음을 애절하게 보여주는 것만 같다. 호시노 미치오의 안타까운 죽음을 떠올리면 알래스카를 사랑했던 그의 마음이 느껴지는 것만 같아 마음 한편이 저리게 아파온다. 무엇이 그를 그토록 알래스카에 미치게 했을까? 무엇이 그를 죽음의 위험 속에서도 알래스카를 탐닉하게 만들었을까? 그것은 결코 이성적으로는 설명할 수 없는 것이리라. 알래스카의 매력은 알래스카에 대한 몇몇 정의만으로 설명할 수 없는 내적 울림으로부터 비롯된다. 그것은 단순히 아름답다거나 경이롭다거나 감동적이라는 수사로는 설명할 수 없는 치명적인 매혹과도 같은 것이다. 어쩌면 호시노 미치오는 죽음을 통해 알래스카와 하나가 됨으로써 알래스카 자체가 된 것일지도 모른다.

알래스카의 자연에는 자연의 아름다움이나 위대함이라는 단순한 말로는 설명할 수 없는 그 무엇이 있다. 그것은 자연이라는 말로는 도저히 설명할 수 없는 날 것 그대로의 야성이자 경이이다. 잘 꾸민 국립공원이나 관광지의 자연과는 다른 거친 매혹이 알래스카 자연이 지니고 있는 매혹이다. 그런 점에서 알래스카의 빙하와 툰드라 그리고 산과 나무와 강과 바다는 자연이라는 말보다 야생이라는 말이 더 잘 어울린다.

신성을 잃어버린 자연

현대의 자연이 신성과 신비를 잃어버렸다는 것은 널리 알려진 사실이다. 자연은 더 이상 과거의 자연이 지니고 있었던 신성과 신비를 가지고 있지 못함으로써 즉물적 대상으로 전락해버렸다. 과거의 자연은 우리에게 생명력을 지닌 주체적 존재였으며 그 안에 깃든 신성과 신비의 세계는 세계의 본질을 우리 앞에 펼쳐 보였다. 따라서 자연은 경외의 대상이었으며 우리의 내면과 소통할 수 있는, 특별한 존재였다. 그러나 즉물적 세계 속에서 자연의 신성과 신비가 무너져 내림으로써 자연은 이제 우리의 삶과 세계에 더 이상 영향을 줄 수 없는 존재가 되어버렸다. 자연이 우리 눈앞에 놓인 '사물'의 지위로 전락해버린 지 오래이다. 이제 숲은 그저 객관적인 사물로서의 숲일 뿐이다. 그곳에 숲의 정령이나 전설, 우리가 복원하고 싶은 삶과 세계의 이야기는 이제 사라져버렸다.

하지만 알래스카의 자연은 여전히 그 어떤 신성과 신비를 간직한 채 여전히 우리의 삶과 세계에 이정표의 역할을 한다. 알래스카의 자연과 같은 원시의 생명성을 통해 우리는 우리 삶의 근원과 세계의 본질을 파악하고 깨닫게 되는 것이다. 인간의 발길을 쉽게 허락하지 않는, 만년설과 빙하로 뒤덮인 데날리의 협곡이나 자연 그대로의 툰드라가 신성과 신비를 지니고 있었던 현대 이전의 자연과 가장 가까운 모습이 아닐까 하는 생각이 들었다. 그것은 마치 인간의 삶과 세계에 무수히 많은 영향을 미친 예전의 자연과도 같은 모습이었다. 알래스카에는 사물로 전락해버린 자연의 모습이 존재하지 않는 것만 같았다. 알래스카의 자연 앞에서 인간의 삶은 언제나처럼 작고 보잘것없는 것이었으며, 인류의 문명 역시 왜소함 그 자체로 느껴질 뿐이었다.

우리가 알래스카와 같은, 우리를 압도하는 자연을 선망하는 이유는 그곳에 우리가 살고 있는 세상으로부터 얻을 수 없는 그 무엇이 존재하기 때문이다. 우리 삶의 모든 고통을 비로소 놓을 수 있는 곳. 우리의 삶이 가닿고 싶은 진실된 곳. 그리고 우리가 꿈꾸는 세계의 원형이 있는 곳이 바로 원시 자연의 공간이다. 인간의 삶이 자연에 지나치게 개입할 때, 자연은 의미 없는 세계로 전락한다. 그런데 반하여 알래스카와 같은 원시 자연은 현대인의 삶과 일정한 거리를 둠으로써 자연 고유의 원형을 지닐 수 있게 되었다. 또한 그럼으로써 오히려 인간의 삶과 정서적 교감과 소통을 할 수 있게 된 것이다. 우리가 알래스카와 같은 원시 자연을 갈망하는 것은 바로 이와 같은 이유 때문이다. 우리가 잃어버린 자연의 신성과 신비는 그곳에서 아직도 우리에게 말을 건네려 하고 있다. 호시노 미치오를 매혹시킨, 극의 서사가 들려주려는 신들의 음성은 여전히 그곳에서 우리를 바라보고 있는 것이다.

자연과 야생

호시노 미치오를 소개하는 글을 보면 '세계적인 야생 사진작가'라는 말을 자주 접하게 된다. 자연도 아닌 야생 사진작가라는 말이 조금은 생경하게 느껴지기도 하는데, 야생이라는 말에 대해 곰곰이 생각해보다 보니 자연이라는 단어와 야생이라는 단어가 주는 느낌이 어떻게 다른가에 대한 생각까지 해보게 되었다. 자연과 야생이라는 말은 비슷한 듯

다른 느낌을 자아내는 단어이다. 자연이 좀 더 포괄적인 의미를 품고 있는 단어라면 야생은 자연의 범주 안에서 야성의 성격을 지니고 있는 자연만을 구분하여 이르는 말이다. 이 중에서 우리가 일반적으로 많이 쓰는 말은 아무래도 야생보다는 자연이라는 말일 것이다. 그러나 야생이 자연의 범주 안에 들어간다고 하여도 자연이라는 말로는 전달할 수 없는 감각이 야생이라는 말에는 들어 있다. 자연이 문명을 제외한 모든 자연물을 대상으로 하는 말이라는 점에서 그것은 길든 자연과 길들지 않은 자연 모두를 포괄하는 단어이다. 하지만 야생은 길들지 않은 자연에 한정됨으로써 우리가 생각하는 원시 자연의 모습을 생생하게 표현할 수 있는 단어이다.

그런 점에서 호시노 미치오를 자연 사진작가가 아니라 야생 사진작가로 부르는 것은 지극히 자연스러운 일이다. 호시노 미치오의 렌즈는 언제나 길들지 않은 야생 그대로의 자연을 향하고 있다. 또한 그가 사진에서 인간의 삶을 다루는 방식 역시 야생의 감각과 맞닿아 있다. 그는 문명에 길든 현대인의 모습을 거부하고 자연과 하나가 된, 자연인으로서의 모습을 보여주고자 한다. 호시노 미치오의 사진은 자연이라는 말이 전달하는 그 어떤 안온함을 거부하려는 듯 보인다. 호시노 미치오가 알래스카에 매혹당한 것 역시 알래스카의 자연이 길들지 않은 거친 모습 그대로의 원형을 지니고 있었기 때문일 것이다. 특히 호시노 미치오의 사진이 더욱 감동적인 이유는 쉽게 접근할 수 없는 거친 야생의 한가운데에 그의 시선이 놓여 있다는 점이다. 나는 그의 사진을 바라보며 프레임 밖에 있을 그의 모습을 상상해보곤 한다. 그가 어떤 상황에서 사진을 찍었는지는 정확히 알 수 없지만 분명한 것은 그의 시선이 야생의 가장 가까운 곳에 놓여 있었을 거라는 것이다.

호시노 미치오는 인간의 발길을 거부한 산과 강과 빙하 속에 자신의 몸을 내던져 야생의 모든 순간과 하나가 되고자 했다. 어떻게 보면 그가 포착한 알래스카는 나를 비롯한 여행자들이 바라본 알래스카와는 다른 세계라는 생각이 들기도 한다. 그 이유는 인간의 흔적이 개입되어 있느냐 아니냐에 따라 자연은 완전히 다른 느낌을 전달하기 때문이다. 물리적으로 호시노 미치오가 사진을 촬영한 곳은 일반적인 여행자가 쉽게 접근할 수 없는 곳이다. 그는 인간의 흔적이 쉽게 닿을 수 없는 곳을 기록함으로써 우리의 잃어버린 야성성을 일깨워준다.

우리가 알래스카에서 얻고자 하는 것도 이러한 야성성이 전달하는 그 무엇이다. 호시노 미치오만큼 야생의 원형 깊숙이까지 가지는 못하더라도 야생의 원형에 가장 가까이 다가섬으로써 우리가 잃어버린 본질을 되찾고 싶기 때문에 알래스카를 꿈꾸는 것이다. 하지만 실제로 알래스카와 같은 일반적이지 않은 지역으로의 여행을 실행에 옮기는 사람은 많지 않다. 하지만 그들이 이러한 곳으로의 여행을 실행에 옮기지 못한다고 해서 이러한 세계를 꿈꾸지 않는 것은 아니다. 이러한 곳에 오기를 간절히 꿈꾸고 갈망하지만 쉽게 올 수 없다는 점은 야생의 원형적 세계에 도달하기가 그만큼 어렵다는 것을 반증하는 것이리라. 그런 점에서 호시노 미치오라는 대리자를 통해서나마 삶의 원형과 맞닿은 세계를 만날 수 있는 것은 커다란 행운이자 축복이라고 할 수 있을 것이다.

University of Alaska Museum of the North

앵커리지에서 페어뱅크스까지의 기나긴 여정 끝에 페어뱅크스의 숙소에 도착했다. 이동 중에 타키트나에서 경비행기 빙하랜딩 투어를 하는 것을 감안했어야 하는데 아침에 늑장을 부리다 그만 페어뱅크스 도착 시간이 늦게 되었다. 새벽 3시에 숙소에 도착하여 대충 씻고 침대에 누웠지만 백야 때문인지 쉽게 잠이 오질 않았다. 커튼을 쳤지만 빛의 밤을 지나온 탓에 제대로 잠을 잘 수가 없었다. 그렇게 한 시간여를 뒤척이다 이내 혼곤한 잠에 빠져들었고 다음 날 오전이 지나도록 잠에서 깨어나지 못했다. 꿈속에서도 백야의 자작나무 숲과 가문비나무 숲 그리고 광활한 벌판을 달리는 꿈을 꿨던가. 꿈인 듯 아닌 듯 잠 속의 풍경은 백야처럼 몽롱하게 나의 잠을 스쳐 지나갔다.

점심시간이 다 되어 겨우 일어나 인근 식당에서 간단하게 식사를 하고 오후에는 드디어 호시노 미치오의 사진을 보러 가기로 마음먹었다. 식사를 마친 후에 숙소까지 걸어가며 바라본 페어뱅크스는 꽤 규모가 큰 도시였지만 한가로운 느낌이 강하게 드는 곳이었다. 주택가뿐만 아니라 파이오니어 공원 인근의 다운타운 역시 한가롭게 산책하기에 참 좋았다. 숙소로 돌아와 이런저런 준비를 하고 나서 호시노 미치오의 사진을 보러 드디어 출발했다. 호시노 미치오의 사진은 알래스카대학교 페어뱅크스 캠퍼스 안에 있는 북극박물관(University of Alaska Museum of the North)에 상설 전시되어 있는데, 그의 사진을 보러 오는 사람들 중에는 일본인 관광객들이 유독 많다고 한다. 일본인들에게 그는 전설적인 인물로 추앙받는다고 하는데, 알래스카 여행에서 호시노 미치오와 관련된 곳들을 성지 순례하듯 탐방하는 경우도 많다고 한다. 호시노 미치오는 일본인들에게 하나의 전설이 될 정도로 많은 사랑을 받고 있는 사진작가이다. 아마도 그의 드라마틱한 삶과 죽음이 그를 신화의 지위에 올려놓았기 때문일 것이다. 죽음은 그의 선택이 아니었지만 그가 택한 알래스카에서의 삶이 죽음과 어우러지면서 그의 삶에 신비의 휘장을 드리운 것이리라. 일본인들은 호시노 미치오 뿐만 아니라 극지에서 볼 수 있는 오로라에도 무척이나 열광하는데, 오로라를 가장 잘 관측할 수 있다는 캐나다 옐로나이프 방문객의 상당수가 일본인이라고 한다. 물론 페어뱅크스 역시 옐로나이프, 화이트호스와 더불어 오로라를 관측하기 위한 최적의 장소 중 한 곳이다.

알래스카대학교 페어뱅크스 캠퍼스는 다운타운에서 멀지 않은 곳에 자리 잡고 있었다. 한가로운 대학 캠퍼스를 따라 올라가자 아름다운 모습의 북극박물관이 보였다. 입장료를 지불하고 북극박물관 안으로

들어서자 한눈에 봐도 제대로 된 박물관이라는 느낌이 들었다. 알래스카 원주민의 문화부터 알래스카의 자연에 이르기까지 무엇 하나 허투루 전시한 것이 없었다. 페어뱅크스의 북극박물관은 박물관이 고리타분할 것이라는, 볼 것이 없을 것이라는 편견을 버리고 꼭 한 번 방문할 만한 곳이라는 생각이 들었다.
나는 호시노 미치오의 사진이 상설 전시된 곳을 안내받아 갔다. 드디어 알래스카라는 원시 자연을, 호시노 미치오라는 자연 그대로의 삶과 죽음을 만나는 순간이었다. 호시노 미치오의 사진이 전시되어 있는 곳은 전시실과 전시실을 이어주는 복도의 한쪽 벽면에 마련되어 있었다. 상설 전시라고 해서 내심 독립된 전시실에서 그의 사진을 마주하게 되리라 기대했었는데 복도 한편에 전시된 사진을 보는 순간 나의 기대는 이내 실망으로 바뀌고 말았다. 더구나 사진 역시 10여 점 정도뿐이어서 그가 기증했다던 150여 점의 사진을 볼 수 있을 거라고 생각했던 나는 허탈한 마음이 들었다. 나중에 알래스카대학교의 한국인 교수에게 들은 이야기로는 호시노 미치오의 나머지 사진은 수장고에 따로 보관되어 있다고 했다. 미리 자신에게 연락을 했더라면 수장고의 사진을 볼 수도 있었을 거라는 이야기를 듣고 무척이나 아쉬운 마음이 들었다. 그런데 북극박물관 애초의 설립 목적이 사진 작품 전시가 아님을 생각하면 호시노 미치오의 사진을 복도 한편에 전시한 것만으로도 감사한 일이 아닌가 하는 생각이 들기도 했다.

얼마 안 되는 호시노 미치오의 사진이었지만 그래도 이곳에서 그의 흔적을 느낄 수 있다는 점만으로도 무척이나 감동적이었다. 북극박물관에서 본 호시노 미치오의 사진은 그 자체로 내게 경외와 감동의 대상이었다. 그가 온몸으로 기록했던 야생 그대로의 알래스카 모습에서 자연이 지니고 있는 압도적인 감동과 전율이 느껴졌다. 나는 호시노 미치오의 사진 앞에서 그를 매혹시킨 알래스카의 자연을 생각해보았고, 호시노 미치오의 자연에 대한 열정적인 삶을 떠올렸다. 그리고 그가 그토록 사랑했던 알래스카에서 맞이한 죽음의 순간을 떠올렸다. 그는 죽음 앞에서 과연 무엇을 생각했을까? 죽음이 두렵지 않은 것은 아니었겠지만 알래스카의 거대한 자연을 온몸으로 경험한 그가 느낀 죽음은 다른 이들의 그것과 조금은 다르지 않을까라는 생각을 하기도 했다. 북극박물관을 나와 앞을 바라보니 자작나무 숲과 툰드라가 아름답게 펼쳐져 있었다. 그리고 저 멀리 알래스카 데날리 국립공원의 설산이 하늘을 거느리고 신화처럼 지평선을 막아서고 있었다.

지역 공동체 헌책방 '포겟미낫'

북극박물관을 나와 나는 페어뱅크스의 서점을 가기로 했다. 페어뱅크스에 사는 강 박사님의 소개로 간 곳은 지역 공동체 헌책방 '포겟미낫(forget me not)'이었다. 포겟미낫(forget me not). 물망초. 그리고

American Medical Association
MEN'S HEALTH
pregnancy
ALONE TOGETHER
COMMENTARIES
SECURITY ANALYSIS
DAVID BACH
REAL BOYS
SEPHORA
BETTY FRIDAN
Self-Help
Ready, Set, GO!
YOUNGER YOU

물망초의 꽃말 '나를 잊지 마세요'. 헌책방 이름이 물망초라니……. 무척이나 아름다운 이름의 헌책방. 포겟미낫은 아름다운 이름만큼이나 소박한 정취가 느껴지는 곳이었다. 그곳에서는 여러 종류의 헌책을 판매하고 있었는데 특히 알래스카에 대한 다양한 사진집을 볼 수 있어서 무척이나 행복했다. 판매하고 있는 책들도 무척 저렴했고 편하게 책을 읽으며 알래스카의 고요한 오후를 보내는 느낌이 참 좋았다. 그런데 책도 책이지만 서점을 방문한 사람들에게 가장 인기가 있는 것은 에코백이었다. 포겟미낫이라고 쓰인 에코백에 구입하고자 하는 책을 담아 넣는 시간이 알래스카에서의 그 어떤 순간보다 소중하게 다가왔다. 나도 알래스카의 풍경이 담긴 몇 권의 사진집과 에코백을 사서 숙소로 돌아갔다.

알래스카를 여행하며 놀란 점은 앵커리지와 페어뱅크스를 비롯한 도시마다 서점이 생각보다 많다는 사실이었다. 물론 알래스카뿐만 아니라 다른 나라에서도 동네의 작은 책방을 심심치 않게 볼 수 있기는 하지만 알래스카의 도시 곳곳에 꽤 큰 규모의 서점까지 있다는 사실은 놀랍기만 했다. 알래스카는 미국에서 가장 인구밀도가 낮은 지역이다. 미국 전체 면적의 20%를 차지할 정도의 넓이를 자랑하는 주이지만 인구는 74만 명에 불과하다. 74만 명의 인구가 남한 면적의 17배의 땅에 살고 있으니 몇몇 도시를 제외하고는 사람의 흔적을 찾기조차 쉽지 않아 보인다. 이렇게 인구가 적은 곳에 책방이 곳곳에 있다는 사실은 무척이나 감동적인 일이었다. 심지어 '포겟미낫'이 있는 페어뱅크스는 물론이고 작은 마을 호머에도 책방이 따뜻하게 자리를 지키고 있었다.

알래스카의 서점은 다른 지역의 서점과 다른 점이 하나 있다. 서점의 모습이야 특별할 것이 없지만 알래스카와 관련된 서가가 따로 준비되어 있다는 점이다. 알래스카의 특별한 자연에 매료된 사람들이 워낙 많으니 그것은 당연한 것이리라. 이처럼 대부분의 서점에서 알래스카와 관련된 항목을 별도로 다루고 있었기 때문에 알래스카에 대한 책을 찾는 것은 그리 어렵지 않다. 알래스카를 다룬 책들은 알래스카에 대한 다양한 내용을 담고 있었다. 알래스카 자연의 아름다움을 촬영한 사진집이 있는 반면 과거의 알래스카 모습을 역사적 관점에서 기록한 책도 있었다. 그밖에도 알래스카를 주제로 삼은 다양한 책들이 서가를 가득 메우고 있었다. 그동안 다른 여러 나라의 서점에 가보았지만 이처럼 다채롭게 해당 지역에 특화된 서가를 운영하는 곳은 없었다.

페어뱅크스에는 '포겟미낫' 이외에도 '반스 앤 노블'과 '걸리버 북스토어' 등 몇 곳의 서점이 더 있다. 헌책방 '포겟미낫'도 작은 규모는 아니었지만 다른 곳의 서점은 '포겟미낫'보다 훨씬 규모가 컸다. 누군가 알래스카 여행을 간다면 앵커리지, 페어뱅크스, 호머의 서점과 도서관에 꼭 가보라고 말하고 싶다. 그곳에서 다른 아무것도 하지 말고 그냥 서가에 꽂혀 있는 책을 보고 서점 한편에 있는 카페에서 커피를 마시며 오후의 느린 햇살을 어루만지다 오라고 말하고 싶다. 그리고 도서관의 서가와 정원을 산책하며 알래스카의 한가로운 어느 날을 천천히 호흡하고 오라고 권하고 싶다. 아무것도 보지 말고, 아무것도 하지 않고, 그저 그렇게 고요하게 그리고 천천히 알래스카라는 느린 시간을 즐기다 오라고 이야기하고 싶다.

호시노 미치오의 매혹

알래스카에 다녀온 이후 나는 알래스카가 생각날 때면 호시노 미치오의 사진집과 산문집을 다시 읽곤 하였다. 내 기억 속의 알래스카는 어느 순간부터 호시노 미치오가 포착한 이미지로 기억되는 듯싶다. 호시노 미치오가 죽음을 예비하거나 의도적으로 감수한 것은 아니겠지만, 그의 죽음은 자신의 의도와는 달리 자신의 삶을 신화와 전설 속으로 수렴시켰다. 그 삶이 행복한 것일 수는 없겠지만, 그렇다고 해서 그러한 삶에 후회 또한 없을 것이다. 어쩌면 그가 무의식적으로 자신의 죽음을 예감하지 않았을까라는 생각이 들기도 한다. 그러한 예감이 실제로 있었다면 그것은 아마도 알래스카와 함께라면 어떠한 후회도 하지 않을 자신감과 알래스카에 대한 애정으로부터 비롯되었을 것이다.
1996년 8월 8일. 그가 불곰의 습격을 받고 숨을 거둔 날을 떠올린다. 그리고 러시아 캄차카반도 쿠릴호반의 원시 자연의 모습을 떠올린다. 그날 쿠릴호반의 물빛은 어떠했을까? 바람은 불어오고 숲의 초록은 눈이 부시도록 아름다웠겠지. 그리고 호시노 미치오가 쿠릴호반 저 너머 어느 곳을 바라보고 있는 장면을 떠올린다. 그의 눈망울 속으로 들어온 것은 무엇이었을까? 숲과 물의 이면으로부터 그는 삶과 죽음의 경계를 떠올렸는지도 모른다. 향년 43세. 그는 길지 않은 삶을 누구보다 열정적으로 살다 세상을 떠났다. 나는 책장에서 그의 산문집 『알래스카, 바람 같은 이야기』와 『나는 알래스카에서 죽었다』를 꺼내본다. 그곳에는 그가 죽음에 이르기까지 온 힘을 다해 남기고자 했던, 그야말로 '바람 같은 이야기'가 담겨 있다. 그는 이토록 아름다운 '바람 같은 이야기'를 남기고, 바람이 불어와 언덕 저편으로 사라진 것처럼 '알래스카에서 죽었다.' 그의 사진에는 그의 삶과 같은 알래스카의 바람이 담겨 있고 한 줌 햇살과 구름과 흙과 얼음의 이야기가 담겨 있다. 그의 사진은 삶의 본질에 다가서고자 했던 자의 음성이며, 동시에 환영처럼 느껴지는 우리 삶의 이상이자 갈망이다.

후회하지 않는 삶. 그것은 누구나 꿈꾸는 삶이지만 얼마나 실천하기 어려운 삶이던가. 호시노 미치오는 온 힘을 다해 자신의 의지대로 살기를 꿈꾸었고 그것을 실천하며 살았다. 그런 점에서 그의 삶은 주체적이고 능동적인 것이었다. 그러한 삶에 후회의 감정이 끼어들 여지는 거의 없었을 것이다. 물론 그에게도 남겨진 가족이 있고, 아쉬움이 있고, 미련과 슬픔이 있었을 것이다. 하지만 그 모든 상황에도 불구하고 그의 삶은 최선의 여정이었다고 단언할 수 있다. 누구에게나 삶에 회한은 남는 법이다. 다만 얼마나 열정적으로 최선을 다해 살았느냐에 따라 회한의 강도와 의미는 다르게 다가올 것이다. 호시노 미치오와 같은 삶. 그것은 뜨거운 열정이자 자신의 삶에 대한 가장 강렬한 애정이다.

TICKET
INDIANA TICKET CO.

여섯 번째 미지:

빙하, 멈춰버린 시간의 흐느낌

얼어붙은 과거

오래된 시간이 멈추어 있는 저 깊은 곳의 서늘함을 상상해본다. 그리고 그것이 담고 있는 거대한 시간의 크기를 가늠해본다. 빙하는 시간을 물성으로 느낄 수 있는 흔치 않은 대상이다. 따라서 빙하를 떠올린다는 것은 단순히 차가운 얼음 덩어리를 생각하는 것이 아니다. 빙하를 떠올리면 언제나 인류 이전의 오래된 시간과 그 시간이 견뎌온 세월이 먼저 떠오른다. 그런 점에서 빙하는 얼음이라는 물성보다 시간이라는 흐름과 과거의 공간감을 지니고 다가온다. 그것은 하나의 거대한 역사이고 우리의 삶 너머에 존재하는 사유이며 경외이다.

시간이 켜켜이 쌓인 빙하의 단층을 생각한다. 서로 다른 시간이 차곡차곡 쌓여 하나의 덩어리를 이루고 있는 빙하는 여러 층위의 시간이 교차하는 낯선 공간이기도 하다. 빙하는 하나의 시간으로 단박에 형성되는 것이 아니다. 그것은 오랜 시간이 쌓이고, 그 시간이 빙점을 견딘 이후라야 가능한 것이다. 이렇게 오랜 시간을 견딘 빙하이기에 그것은 인간의 그 어떤 서사보다 더 큰 의미를 지니게 되는 것이다. 우리가 일반적으로 떠올리는 서사는 인간을 중심으로 이루어져 있는 시간 개념인 경우가 많다. 그렇기 때문에 그것은 지구 전체의 시간에 비하면 상대적으로 작은 것일 수밖에 없다. 빙하의 시간 역시 지구 전체의 시간보다는 짧은 것이지만, 인간의 시간을 훌쩍 뛰어넘는다는 점에서 그것은 우리가 생각하는 것보다 훨씬 많은 이야기를 그 안에 담고 있다. 그런 점에서 빙하가 품고 있는 오랜 시간은 신성의 영역으로 생각되기까지 한다. 인류 이전의 시간을 품고 있는 빙하는 우리 삶이 도달하고 싶은 세계이자 복원하고 싶은 삶의 본질인 것이다.

알래스카가 지니고 있는 의미와 감각이 인간들의 삶과 세계를 초월하는 것처럼 느껴지는 이유는 이러한 빙하의 속성에 힘입은 바가 크다. 물론 알래스카가 이런 의미와 감각을 지니게 된 데는 다른 여러 이유도 있다. 하지만 아무래도 '극의 서사'로서 알래스카를 완성하는 것은 단연 빙하이다. 알래스카의 처음이자 마지막은 빙하로 시작하여 빙하로 끝난다고 해도 과언이 아닐 것이다. 한여름의 알래스카 중에서 우리의 시선을 가장 극적으로 사로잡는 것 역시 빙하이다. 한여름의 빙하는 초록의 풀과 나무와 대비를 이루며 녹지 않는 '극'의 서사를 감동적으로 전달한다.
또한 빙하는 응축된 시간이 켜켜이 쌓인 세계이다. 그것은 우리가 눈으로 보고 만질 수 있는 사물이면서 동시에 잡을 수 없는 시간이기도 하다. 무수히 많은 시간이 하나의 영역 안에 모인 시간의 결정체가 바로 빙하인 것이다. 우리가 인지하는 시간은 길고 지루한 그 무엇이다. 우리는 어제와 오늘 그리고 오늘과 내일이라는 시간을 지루하기 짝이 없는 느린 흐름으로 인식하기도 하고, 수십 년 또는 수백 년이라는 긴 시간에 압도당하기도 한다. 하지만 빙하의 시간은 이러한 인간의 시간을 단박에 뛰어넘는 것이다. 빙하는 그토록 긴 시간을 응축하고 켜켜이 쌓아 우리 앞에 모습을 드러낸다.
빙하의 아래쪽은 우리가 생각하는 일반적인 얼음의 속성과 다르다고 한다. 엄청난 무게에 눌린 얼음은 이내 다른 형질로 변하여 우리의 상식과는 다른 형태와 물성을 지니게 된다. 무게에 눌린 눈과 얼음은 단순히 모양만 바뀌는 것이 아니다. 일반적인 무게는 겉으로 드러난 형태만 바꿀 뿐이지만, 우리가 상상조차 할 수 없을 정도의 거대한 무게는 형태를 넘어 그것이 지니고 있는 성질까지 변하게 하는 것이다. 그리고 이때 무게는 오랜 시간과 함께 작용하며 인간의 시간으로는 상상도 할 수 없는 세계를 만들어낸다. 변할 수 없을 것만 같은 원래의 성질마저도 변하게 하는 힘. 빙하는 그러한 힘을 견디며 탄생한 놀라운 신비이자 인내이다.

빙하 - 극의 서사가 시작되는 애초

알래스카로 떠나는 사람들이 가장 먼저 떠올리는 것은 빙하이다. 물론 빙하 이외에도 알래스카를 대표할만한 것들은 무척 많다. 그중 유명한 것 하나가 오로라이다. 이외에도 알래스카를 상징하는 것으로는 백야와 만년설 그리고 자작나무 숲과 에스키모 등이 있다. 하지만 알래스카를 떠올렸을 때 대표적으로 생각나는 것은 아무래도 빙하가 단연 처음의 자리를 차지한다. 그만큼 빙하는 알래스카를 대표하는, 알래스카의 모든 것이라고 해도 과언이 아니다. 알래스카 여행을 꿈꾸는 사람들 역시 그곳에서 가장 보고 싶은 것 중 하나로 빙하를 꼽는다. 그만큼 빙하는 알래스카와 같은 극지 여행을 대표하는 것이다.

우리가 알래스카를 떠올릴 때 제일 먼저 빙하를 연상하거나, 알래스카 여행을 가고자 할 때 빙하 투어를 제일 먼저 생각하는 이유는, 빙하가 평소에 볼 수 없는 특별한 것이라는 매력 때문이다. 하지만 그것만으로 빙하에 대한 사람들의 강렬한 애정을 설명할 수는 없을 것이다. 빙하가 우리에게 특별하게 다가오는 이유는 여러 가지가 있을 것이다. 우선 빙하가 인류의 삶 이전부터 존재했으며 우리의 삶이 쉽게 가닿을 수 없는 원시 자연의 모습을 지니고 있기 때문이다. 그리고 생명이 쉽게 생존

할 수 없는 곳이지만 그러한 고통을 이겨낸 생명이 시작되는 곳이기 때문이다. 그런 점에서 빙하는 일상에 찌든 우리의 삶이 도달하고 싶은 곳이다. 그리고 그곳은 신성을 품고 있는 곳이면서 동시에 삶을 인내할 수 있게 하는 지점이기도 하다.

이러한 이유로 극의 서사는 빙하의 서사와 같은 것이라고도 할 수 있다. 그리고 극의 서사와 빙하의 서사는 우리가 가닿을 수 있는 마지막 지상이라는 점에서 우리 삶의 간절한 지향성과도 깊이 연관되어 있다. 우리가 갈 수 있는 마지막 지점. 극은 우리의 발길이 가 닿을 수 있는 마지막 장소라는 점에서, 그러나 쉽게 갈 수 없는 곳이라는 점에서 신비의 대상이 된다. 그리고 이러한 신비와 신성이 우리 삶의 일상 안에 있는 것이 아니라는 점에서 그것에 대한 갈망은 더욱 강렬해질 수밖에 없다. 그래서 많은 사람들이 알래스카나 옐로나이프, 아이슬란드, 그린란드와 같은 극의 서사를 경험하고 싶어 하는 것이리라.

그러나 알래스카를 비롯한 극지를 여행하는 사람은 그렇게 많지 않다. 다른 여행지보다 접근성이 상대적으로 떨어진다고는 하지만 물리적으로 가기 힘든 것도 아닌데 극지로의 여행을 실천하기까지는 많은 망설임과 고민을 거듭해야만 한다. 우리는 보통 낯선 곳을 꿈꾸고 그곳에 가기를 희망하지만 낯선 곳에 대한 두려움으로 인하여 그곳에 가기를 주저하는 경향이 있다. 어쩌면 이와 같은 양가적 감정은 지극히 자연스러운 것이리라. 그리고 이러한 낯선 감정의 정점에 빙하가 있다. 빙하라는 극의 서사를 경험하는 것은 매우 특별한 체험이다. 그것은 대다수의 사람들이 단 한 번도 경험하지 못했던 매우 낯선 현실이다. 우리의 이성 안에 존재하지만 체험적 실체인 적이 없었던 공간. 그것이 바로 빙하인 것이다. 우리가 떠올리는 극의 서사는 실재하는 것이지만 경험적 실체로서의 공간이 아닌 것이다. 하지만 우리는 알고 있다. 극의 서사를 뒤덮고 있는 것이 빙하이며, 빙하가 실재한다는 사실을 말이다. 그런 점에서 극의 서사의 애초는 빙하이며, 그것이 곧 극의 서사를 이끄는 힘인 것이다.

서프라이즈 빙하를 향하여

프린스 윌리엄스 사운드 빙하 지역의 서프라이즈 빙하로 가기 위해 위디어 항구로 간다. 위디어는 앵커리지에서 자동차로 1시간 30분 정도 걸리는 곳에 위치해 있다. 위디어는 작지만 아름다운 항구로 유명한 곳인데, 그곳에서 서프라이즈 빙하와 블랙스톤 빙하로 가는 유람선을 탈 수 있다. 나는 왕복 5시간이 걸리는 서프라이즈 빙하를 타기로 마음먹었는데, 서프라이즈 빙하가 시간이 오래 걸리기는 하지만 좀 더 아름답다는 이야기를 전해 들은 바 있어서였다. 여름의 알래스카는 평균 기온이 영상 16도 정도이기 때문에 겨울옷이 필요 없지만 빙하 유람선을 타러 갈 때에는 너무 두껍지 않은 겨울옷 정도는 필요하다. 빙하 너머에서 불어오는 바닷바람이 알래스카의 다른 곳에 비해 추울 뿐만 아니라 갑판 위에서

차가운 바람을 맞으며 빙하를 보는 시간이 꽤 길기 때문이다.

앵커리지에서 위디어로 가는 스워드 하이웨이는 아름다운 풍경으로 가득하다. 스워드 하이웨이를 따라가면 아름다운 위디어 항구가 나오고 그 길은 스워드, 쿠퍼랜딩 그리고 알래스카의 땅끝마을 호머로 이어진다. 그리고 위디어 항구로 갈 때 조금 독특한 터널을 지나는 특별한 경험을 하게 된다. 이 터널은 2차 세계대전 시절에 건설한 것으로, 왕복하는 기차와 차량이 편도 1차선의 비좁은 길을 공유한다. 앵커리지에서 위디어 항구로 갈 때는 매시 30분에 차량 통행이 가능하고 반대로 위디어에서 앵커리지로 향할 때에는 매시 정각에 차량이 진입할 수 있다. 다른 시간에는 기차가 터널을 이용하는데, 자동차가 지나는 길 역시 기차가 사용하는 철길을 이용한다. 터널 입구에 도착하니 터널을 통과하려는 차량 행렬이 길게 줄지어 서 있었다. 터널이 열리는 시간을 기다리며 사람들은 사진을 찍기도 하고 산책을 하기도 하며 여유롭게 시간을 보내고 있었다.

위디어 항구는 소박했지만 오히려 그런 것들이 마음을 사로잡는 아름다운 곳이었다. 항구에 가득한 요트와 한가로운 풍경이 크루즈에 탑승하는 설렘과 함께 어우러지며 묘한 느낌이 들게 했다. 위디어 항구 일대의 빙하 지역 모두를 '프린스 윌리엄스 사운드'라고 부르는데 그 면적은 25,900㎢에 이르며 1만 개의 빙하가 포함되어 있다고 한다. 알래스카 전역에 10만 개 이상의 빙하가 있다고 하니 상상조차 할 수 없을 정도로

KLONDIKE EXPRESS
WHITTIER · AK

Major
MARINE TOU

거대한 '극의 서사'가 아닐 수 없다. 위디어에서 출발하는 빙하 크루즈는 알래스카 빙하 여행에서 가장 유명한 코스 중 하나이다.

서프라이즈 빙하 크루즈는 블랙스톤 빙하 크루즈에 비해 상대적으로 더 비쌌지만 항해 시간이 5시간 정도로 더 길고 볼거리가 많기 때문에 나는 망설임 없이 서프라이즈 빙하 크루즈를 선택했다. 위디어 항구를 떠나 프린스 윌리엄스 사운드의 연안을 항해하는 배는 고요한 바다 위를 흔들림 없이 헤쳐 나가기 시작했다. 넓은 바다와 빙하가 번갈아 지나가며 나의 시선을 사로잡았다. 연안의 바위 위에는 상당히 많은 수의 물개가 느긋하게 오후의 한때를 즐기고 있었고, 수천 마리의 갈매기가 절벽에 가득한 장면에서는 두려움마저 느껴졌다. 운이 좋으면 고래를 볼 수도 있다고 했지만 안타깝게도 고래는 볼 수 없었다. 빙하 지역으로 가까이 갈수록 기온이 내려가는 것이 몸으로 느껴졌다. 빙하에서 전해지는 서늘함이 바닷바람과 함께 한기를 불러일으켰다.

위디어 인근의 헤리만 피오르와 칼리지 피오르에는 상당히 많은 빙하가 모여 있다. 서프라이즈 빙하를 비롯하여 카타랙트 빙하, 캐스케이드 빙하, 배리 빙하, 콕스 빙하, 하버드 빙하, 예일 빙하 등이 이곳에 모여 있다. 서프라이즈 빙하로 가는 내내 만년설이 내린 산과 서늘한 바다 그리고 유빙과 빙하수가 사라졌다 보이기를 반복했다. 그것은 마치 지금껏 경험해보지 못한 환영과 신비처럼 나의 마음을 사로잡고 놓아주지를 않았다.

빙하 크루즈는 뷔페식 점심 식사를 포함하고 있어서 빙하로 가는 도중에 배 안에서 식사를 하게 된다. 실내에서 연어 스테이크와 비프스테이크가 제공되는 식사를 하고 나서 커피까지 마시고 나면 어느덧 헤리만 피오르에 있는 서프라이즈 빙하에 도착하게 된다.
배는 이윽고 빙하의 절정을 보여주는 서프라이즈 빙하의 웅장한 푸른빛 앞에 멈춰 섰다. 형용하기 힘든 푸른빛을 품은 빙하는 나의 시선을 단박에 사로잡으며 자신의 전 존재를 한껏 드러내고 있었다. 가끔씩 빙하의 일부가 바다로 떨어지는 소리가 바다의 적막을 깨고 울려 퍼지곤 하였다. 데날리 산에서 경험한 만년설과는 또 다른 감동이 그곳에 있었다. 데날리 산의 감동이 순백의 시각적인 것이라면, 서프라이즈 빙하는 맑고 투명한 이미지가 시각보다는 청각을 자극하며 다가왔다. 서프라이즈 빙하와 바다의 모습은 분명 시각적인 이미지였지만 빙하의 푸른빛과 바다의 서늘함 그리고 태양빛을 받아 빛나던 유빙의 모습은 시각이 아닌 청각의 신비로운 울림에 더 가까운 것이었다. 뒤디어 항구로 다시 돌아오는 동안 나의 청각을 자극하던 서프라이즈 빙하의 아름답고 웅장한 모습이 내내 잊히지 않았다.

알래스카의 빙하와 여행 루트

알래스카에는 다양한 빙하가 있다. 그런 알래스카 빙하를 감상하는

방법은 크게 크루즈를 타고 바다로 접근하는 방법과 차량을 이용하거나 도보로 육지 빙하를 보는 것으로 나뉜다. 보통 알래스카 여행은 한국에서 모객하여 떠나는 단체 여행이 아니더라도 현지 여행사의 단체 프로그램을 이용하는 것이 일반적인데, 보통 한 번의 바다 빙하와 한 번의 육지 빙하를 보는 것으로 여행 일정이 구성되어 있다.
알래스카 빙하 여행을 하는 가장 보편적인 방법 중 하나는 앞에서도 언급했듯이 위디어 항구에서 출발하는 크루즈를 이용하는 것이다. 이곳의 빙하 지역을 프린스 윌리엄스 사운드라고 하는데 여기에서 출발하는 서프라이즈 빙하 크루즈와 블랙스톤 빙하 크루즈가 유명하다. 블랙스톤 빙하 크루즈는 시간이 짧은 만큼 가격도 저렴하지만 볼거리가 많지 않은 편이다. 반면 5시간 정도의 시간이 소요되는 서프라이즈 빙하는, 빙하를 비롯한 야생동물 등의 볼거리가 많기 때문에 식사 시간을 포함한 5시간의 여정이 지루하지 않다.
빙하 투어로 유명한 또 다른 곳은 발데즈이다. 발데즈는 주요 여행지로부터 떨어진 곳에 있어서 다른 여행지와 연계하여 방문하기 애매한 측면이 있지만 7시간이 걸리는 콜롬비아 빙하의 아름다운 모습을 경험할 수 있다는 점이 매력적이다. 발데즈에는 내륙 빙하인 워딩턴 빙하가 있기도 하다. 이외에 관광객들이 많이 찾는, 알래스카 최대의 육지 빙하인 마다누스카 빙하가 있고, 트래킹이 가능한 엑시트 빙하와 포테이지 빙하가 있다. 포테이지 빙하는 육로로 갈 수 있는 곳이기도 하지만 여름철에는 빙하 크루즈가 운행되기도 한다.

여기서 잠깐 알래스카 여행 방법에 대해 이야기하자면, 열흘 이내 여행자의 경우는 단체 여행이 가장 효율적이다. 다만 가격이 비싼 것에 비하여 여행 일정이 너무 제한적이고 알래스카를 취급하는 여행사 자체가 별로 없다는 점이 단점이다. 더구나 대부분의 상품을 위디어 코스와 발데즈 코스, 타키트나 코스 등으로 구분하여 판매하는데, 이런 상품의 경우, 알래스카의 극히 일부 지역만을 제한적으로 방문할 수밖에 없을 뿐만 아니라, 각각의 지역을 깊이 있게 보기도 힘들다. 빙하 관광 역시 각각의 지역에 있는 대표적인 바다 빙하 한 곳과 공통으로 마다누스카 빙하를 보는 코스로 이루어져 있다. 또한 여행사에서 주로 다루고 있는 위의 코스는 대부분 앵커리지를 중심으로 구성되어 있기 때문에 알래스카 주요 도시이자 많은 볼거리가 있는 페어뱅크스를 방문하지 않는 경우가 많다. 특히 알래스카의 색다른 매력인 땅끝마을 호머 지역을 여행하는 상품은 전무한 실정이다.

따라서 각 지역의 빙하를 다채롭게 보고 싶거나 앵커리지, 호머, 거즈우드, 위디어, 스워드, 타키트나, 데날리, 페어뱅크스, 발데즈 등을 모두 보고 싶다면 보름 정도 체류하며 자유 여행을 하기를 권한다. 각 지역을 열거해놓고 보니 너무 많은 각각의 지역인 듯싶지만 앵커리지를 기점으로 호머, 거즈우드, 위디어, 스워드 등의 지역을 하나의 권역으로 묶을 수 있고, 페어뱅크스로 올라가는 3번 도로에 타키트나와 데날리가 있기 때문에 페어뱅크스로 이동하는 중에 타키트나에서 데날리(매킨리) 경비행기 투어와 데날리 국립공원 방문자센터를 둘러볼 수 있다. 발데즈의 경우는 페어뱅크스에서 4번 도로를 이용하여 앵커리지로 귀환하는 도중에 방문하면 된다. 알래스카 지역을 조금만 아는 사람과 함께라면 8박 정도의 일정만으로도 이 모든 여정을 무리 없이 소화할 수 있다. 그리고 알래스카를 방문하는 거의 모든 사람이 앵커리지로 입국하여 앵커리지로 출국하는 일정을 잡는다. 하지만 앵커리지로 입국하여 페어뱅크스로 출국하거나 페어뱅크스로 입국하여 앵커리지로 출국하는 일정으로 여정을 잡는다면 시간을 효율적으로 쓸 수 있다는 이점이 있다.

만년설

눈이 녹지 않는다는 것. 그것은 우리에게 빙하만큼이나 특별한 경험을 전달한다. 여름 알래스카의 만년설은 지상에 가득한 초록의 뒤에 병풍처럼 서 있다. 그 때문에 알래스카의 여름은 꽃과 녹음과 빙하와 만년설이 하나의 시야 안에 들어오며 신비로운 느낌을 자아낸다. 비행기를 타고 처음 만나는 알래스카의 모습 역시 만년설로 뒤덮인 산의 모습이고 여행 내내 먼 곳에서 나의 시선을 붙잡고 놓아주지 않는 것 역시 만년설이다. 만년설은 일 년 내내 같은 모습을 보여주지만 오히려 그럼으로써 우리에게 낯선 풍경이 된다. 우리의 의식 속에 있는 산의 초록을 허락하지 않는 높이는 일 년 내내 똑같은 모습임에도 불구하고 생경한 풍경이 되어 이국적인 모습을 자아낸다.
녹지 않는 눈은 쌓이고 쌓여 얼음이 되고 오랜 시간이 흐른 뒤에 거대한 무게를 짊어진 빙하가 될 것이다. 순백의 눈은 어느덧 푸른빛을 자아내는 새로운 물성을 지닌 빙하가 되겠지. 나는 알리에스카 트램을 타고 녹지 않은 눈이 여전히 남아 있는 산의 정상에 올랐다. 거드우드 인근에 있는 알리에스카 리조트의 해발 고도는 높지 않지만 녹지 않은 눈이 산의 곳곳에 남아 있었다. 알리에스카의 산은 녹지 않은 눈과 맨살을 드러낸 땅과 초록의 초원이 한데 뒤섞여 특별한 느낌을 불러일으켰다. 맨살을 드러낸 땅을 딛고 산을 오르다 보면 어느덧 초록의 풀이 피어있는 곳이고, 초지를 걷다 보면 어느덧 녹지 않은 눈밭이 펼쳐졌다.
손으로 녹지 않은 눈을 만지자 서늘한 기운이 나의 감각 안으로 들어왔다. 눈의 감촉은 금방 내린 그것처럼 부드럽기 그지없다. 눈의 서걱거리는 느낌이 손의 감각을 지나 나의 온몸을 휘감고 놓아주지 않는 것만 같다. 알리에스카는 해발 고도가 높지 않기 때문에 빙하가 있는 곳은 아니다. 하지만 지난겨울에 내린 눈이 한여름까지 상당히 많이 남아 있는 곳이다. 다른 곳에서 경험한 만년설과 빙하가 여름의 감각이 전혀 없는, 한겨울의 느낌을 주는 것이라면, 알리에스카에서 만난 눈은 한여름에 만난 소박한 겨울이라는 느낌이 든다.
먼 곳에 병풍처럼 둘러서 있는 만년설의 압도적인 풍경을 바로 앞에서 마주한 것은 경비행기를 타고 데날리 산으로 가는 하늘길에서였다. 그리고 데날리 정상 인근에 착륙하여 경험한 순백의 풍경은 그야말로 나를 압도하는 것이었다. 경비행기는 데날리 산의 봉우리 사이를 곡예 하듯이 헤집으며 설산의 놀라운 광경을 연이어 보여주었다. 인간의 발길이 닿을 수 없을 것만 같은 가파른 봉우리가 눈앞에서 사라졌다 나타나기를 반복하는 장면은 경이로움 그 자체였다.
타키트나 공항을 이륙한 경비행기는 자작나무 숲과 가문비나무 숲이 우거진 곳을 지나, 만년설과 빙하로 뒤덮인 데날리 산 정상 부근의 설원에 착륙했다. 눈으로 뒤덮인 산 이외에 아무것도 없는 곳. 데날리 정상의 설원은 다른 그 무엇도 존재하지 않는, 만년설과 빙하 그 자체의 아름다움만으로 빛을 발하는 곳이었다. 눈과 얼음 이외에 그 무엇도 존재할 수 없는 곳. 생명이 자랄 수 없는 그곳은 분명 척박한 곳이지만 그러한 척박함으로부터 삶의 애초와 우리가 가고자 하는 본질적 세계가 떠올랐다. 그것은 마치 인간의 삶이 개입할 수 없는 곳으로부터 들려오는, 우리가 오래전에 잃어버린 신성의 음역과도 같은 것이었다.

빙점 아래의 생

빙점 아래의, 얼어붙은 채 천천히 흐르는 빙하의 시간을 떠올린다. 짐작조차 할 수 없는 머나먼 과거의 시간이 저 깊은 곳에 웅성거리고 있다.

그리고 그 시간은 아주 천천히 흐르고 흘러 지상과 바다를 향해 나아간다. 엄청난 무게를 받은 빙하는 1년에 2m에서 4km를 흘러간다고 한다. 오랜 시간이 흘러가는 순간은 눈으로 볼 수 없을 만큼 느린 것이지만 빙점 아래 단단히 얼어붙은 시간도 결국 흐르고 흘러 어디론가 가고 언젠가는 사라지게 된다. 빙하의 크레바스에 빠지면 삼백 년이 흘러야 빙하의 저편으로 나올 수 있다는 말이 있다. 죽음조차 썩을 수 없는 곳. 느리게 흘러가는 죽음은 시간을 부여잡고 놓아주지 않으려는 듯, 오랜 시간이 흐른 후에 생생하게 빙하 저편으로 그 모습을 드러낼 것이다. 빙점 아래의 서늘한 기온은 이렇게 부패의 속도마저 느리게 흘러가게 하며 시간을 부여잡으려 한다.

빙하를 생각하며 우리의 삶을 떠올린다. 그리고 생생하게 기억하고 싶은 흘러간 과거의 어느 순간과 놓치기 싫은 지금 이 순간을 떠올린다. 그러나 생각해보면 시간이 흐른다는 것은 얼마나 자연스럽고 아름다운 것이던가. 먼 과거의 시간을 품고 있다는 것은 과연 행복한 것일까? 빙하가 품고 있는 과거의 시간은 우리에게 돌아가고 싶은 삶의 시원을 떠올리게 하는 것이지만, 과거를 놓을 수 없는 우리의 삶은 오히려 불행한 것일지도 모른다. 모든 것은 자연스러운 가운데 흘러가고 잊히고 사라져야 한다. 우리의 기억도 한 줌 육체도 사라짐으로써 우리의 삶은 비로소 완성되는지도 모른다.

우리가 빙하를 신비롭게 바라보는 것은 이러한 삶의 순리로부터 벗어난 것이기 때문인지도 모른다. 그리고 그 속에 우리가 도달하고 싶은 자연의 신성과 신비가 있기 때문일 것이다. 그러나 신성과 신비, 갈망으로서의 빙하는 아름다운 것이지만 우리의 삶은 흘러가야 비로소 진정한 아름다움에 도달할 수 있는 것이다. 그런 점에서 빙하가 품고 있는 과거와 우리의 과거는 같은 것이 아니다. 빙하의 과거가 인간의 삶 이전의 신성을 담고 있기 때문에 도달하고 싶은 지점이라면, 인간의 과거는 때가 되어 잊힐 때라야 더 아름다운 것이다.

일곱 번째 미지:

오로라, 그토록 낯선 비현실

환영처럼, 알래스카

당신은 이제 오로라를 만나러 알래스카의 페어뱅크스로 떠나려 한다. 지금은 겨울이고 그곳은 깊은 흑야의 시간이다. 밤이 깊어질수록 더 빛나는 오로라를 상상하며 당신은 쉽게 잠들지 못한다. 당신이 오로라를 보기 위해 알래스카 페어뱅크스로 떠날 것을 결심했을 때. 당신의 친구들은 부러움 섞인 축하의 말과 함께 당신을 조금은 이상하게 바라보았다. 그것은 아마도 오로라를 본다는 것이 모두의 위시리스트에 있을 만큼 꼭 해보고 싶은 것이지만, 쉽게 결심할 수 없을 만큼 낯선 거리감을 동반하는 것이기 때문이리라.

당신은 지난여름, 백야의 알래스카를 다녀온 이후 알래스카의 아름다움에 매혹되어 오래도록 그곳만을 생각했다. 글을 쓰고 강의를 하거나, 책을 읽고 밥을 먹으면서도 머릿속은 오로지 알래스카에 대한 생각으로 가득했다. 언제 또다시 그곳에 갈 수 있을까? 다시 그곳에 갈 수 있는 날이 오기는 할까? 당신이 한여름 백야의 알래스카에서 본 것은 빙하와 만년설과 자작나무 숲과 백야의 밤만이 아니었다. 그것은 당신이 꿈꾸어왔던, 그러나 오래전에 잃어버린 꿈과 희망이었다.

당신은 알래스카를 잊지 못하고 결국 한겨울의 알래스카로 떠나기로 결심했다. 그리고 이제 그것을 실행에 옮기고자 한다. 그곳은 지난여름의 풍경과는 완전히 다른 모습으로 당신을 맞이하겠지. 알래스카는 이미 10월부터 눈이 내리기 시작했을 것이다. 제설이 된 도로를 제외하고 온통 순백으로 뒤덮인 세상이 당신을 기다리고 있을 것이고, 이곳의 당신은 상상조차 할 수 없는 추위가 몰아치고 있을 것이다. 그리고 밤이면 오로라가 이편의 하늘에서 저편의 하늘로, 저편의 하늘에서 이편의 하늘로 환영처럼 나타났다 사라지기를 반복할 것이다.

당신은 알래스카로 떠나기 전 며칠 밤 내내 오로라가 나오는 꿈을 꾸곤 하였다. 그것은 꿈인 듯 아닌 듯, 그리고 손에 잡힐 듯 말 듯 당신의 머리 위로 나타났다가 어느덧 사라져버리기를 반복했다. 그런 꿈의 끝에 당신은 캄캄한 들판 위에 홀로 서 있곤 했다. 눈을 온통 뒤집어쓴 자작나무 숲이 있는 들판이었다. 그러나 당신은 흑야의 밤이 무섭지 않았다. 당신은 캄캄한 들판에 서서 하늘을 바라보며 다시 한 번 오로라가 저편의 하늘로부터 몰려와 당신의 눈앞에 펼쳐지기를 기다릴 뿐이다. 그러나 아무리 기다려도 오로라가 몰려오지 않는 밤이 계속되기도 하였다. 당신은 그런 밤이 무섭지 않았지만 왠지 그 밤이 오래도록 아쉽고 원망스러웠다. 꿈에서 깨어도 꿈속에서 느꼈던 아쉬움과 원망의 감정은 쉽게 사라지지 않았다. 그러나 당신은 이제 오로라를 보러 떠날 것이므로 그까짓 아쉬움쯤은 이제 그만 잊기로 한다.

당신이 영상으로나마 오로라를 처음 접한 것이 언제였는지는 정확히 기억나지 않는다. 아마도 초등학교에 다니던 시절쯤이었겠지. 그때가 정확히 언제인지는 모르겠지만 그때 본 오로라의 모습만은 지금도 정확하게 기억하고 있다. 당신은 텔레비전에서 방영하던 다큐멘터리에서 오로라를 처음 보았었다. 그러나 그때에는 그저 신기했을 뿐 오로라에 완전히 매혹당하지는 않았었다. 당신이 다시 오로라에 대해 생각하게 된 것은 대학을 졸업하고 첫 직장 생활에 지치기 시작했을 무렵이었다. 그때 당신은 이상하게도 다른 것도 아닌, 초등학교 시절에 보았던 오로라 다큐멘터리를 떠올렸다. 하지만 특별한 이유가 있었던 것은 아니었다. 그저 초등학교 시절 그 프로그램에 커다란 감명을 받았던 일이 불현듯 생각나며 오로라가 떠올랐을 뿐이다.

왜 그랬을까? 무엇 때문에 오로라가 당신의 안으로 잠입하며 당신의

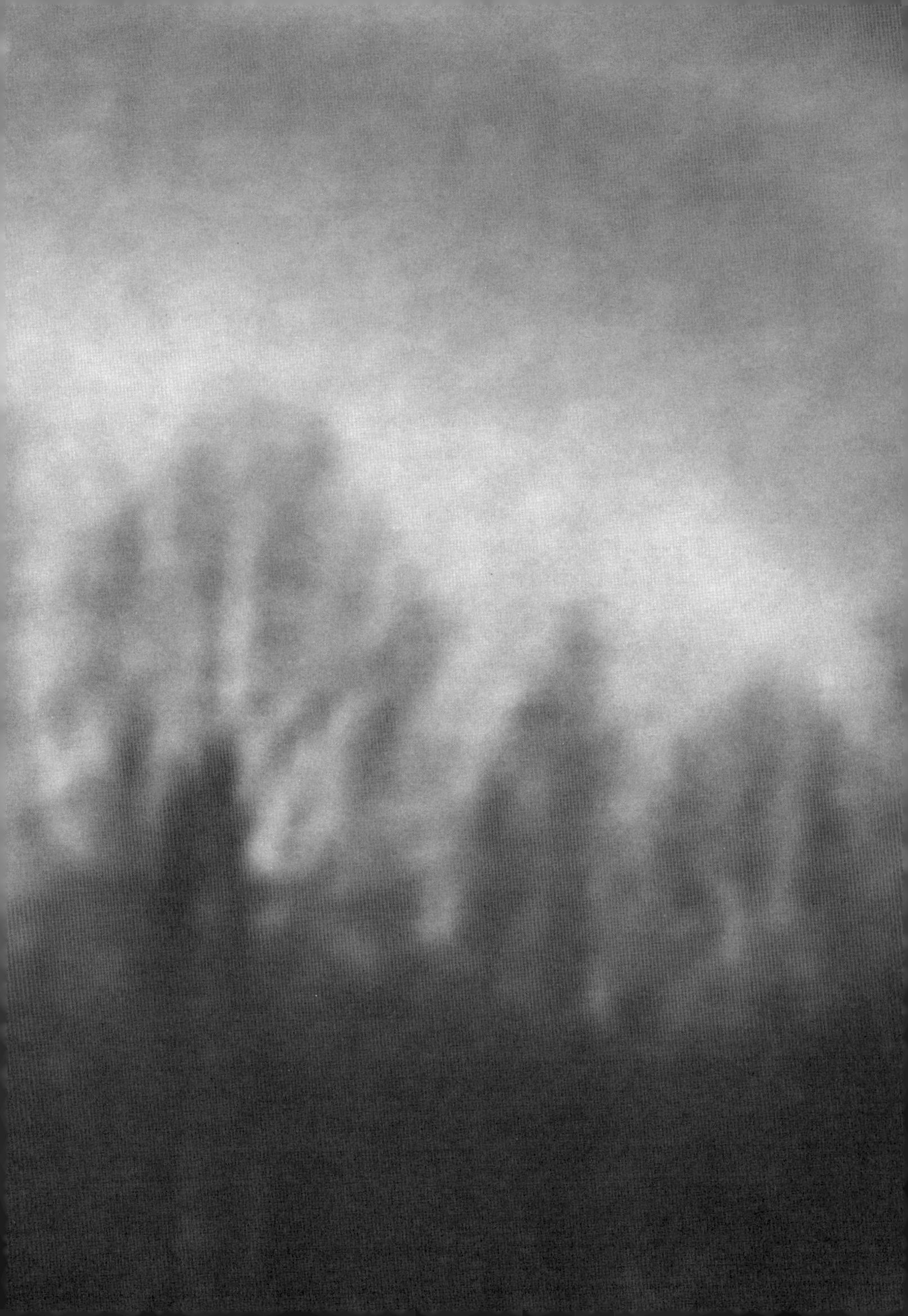

마음을 완전하게 사로잡게 되었을까? 첫 직장 생활이 힘들고 고단해서? 글쎄 그런 이유가 전혀 없다고는 할 수 없겠지만 오로지 그 이유만으로 오로라를 떠올렸던 건 아니었다. 그것은 아마도 당신의 무의식 안에 내재한, 삶의 근원에 도달하고 싶은 소망 때문이었을 것이다. 단지 직장 생활의 어려움과 지리멸렬함 때문만이 아닌 것은 분명했다. 그러나 생각해보면 삶의 근원에 도달하고 싶은 소망은 지리멸렬한 삶에 대한 회의에 다름 아닌 것이다. 그런 점에서 딱히 직장 생활 때문만은 아니더라도 그것을 포함한 모든 일상의 권태가 당신을 또다시 극의 세계로 인도했을 것이다.

지난여름 알래스카에 다녀올 때만 하더라도 알래스카에서 받은 감동만큼, 일상의 지리멸렬함과 권태로부터 놓이게 될 것이라고 생각했었다. 물론 처음엔 알래스카에서의 기억이 일상을 견디게 하는 힘이 되기도 했다. 그러나 시간이 지날수록 일상을 견디게 하는 힘은 그리움이 되었고, 그리움은 이내 견딜 수 없는 갈망이 되었다. 당신은 그때, 이제 더는 그러한 일상의 지리멸렬함을 견딜 수 없게 되었음을 깨달았다.

당신은 이제 다시 알래스카로 떠나려 한다. 알래스카를 여행하는 것은 지난여름에 이어 두 번째지만 처음과 다를 바 없는 여정이 될 것이라고 당신은 생각한다. 여름의 알래스카와 겨울의 알래스카는 극한의 환경으로 인하여 완전히 다른 모습으로 변한다. 우리가 일반적으로 경험하는 여름과 겨울의 차이로는 설명할 수 없는 세계가 펼쳐진다. 여름의 알래스카와 겨울의 알래스카는 전혀 다른 풍경을 우리 앞에 선보이며 완전히 새로운 세계를 펼쳐놓는다.
백야와 흑야, 빛과 어둠과 오로라, 초록과 순백의 지상. 알래스카는 극단의 세계이고, 그런 만큼 감동의 진폭이 클 수밖에 없다. 그것은 이편의 극과 저편의 극이 전달하는 감동, 양극단에서 당신의 감수성과 모든 감각을 일깨우며 당신 안으로 잠입하고자 한다. 이제 당신은 지난여름의 알래스카와는 완전히 다른, 새로운 세계로 가려고 한다. 그곳에서 어떠한 알래스카와 만나게 될지 예측할 수는 없지만 당신은 지금까지 그래왔던 것처럼 전적으로 알래스카를 신뢰하기로 한다.
당신은 지난여름에 무수히 많은 인연을 그곳에 두고 왔다. 오로라와 함께 다시 만나게 될 이들만으로도 이번 알래스카행은 당신에게 큰 의미를 지닌다. 당신은 그곳에서 만났던 수많은 사람들을 떠올린다. 몇몇은 여전히 그곳에 있을 것이고, 몇몇은 만날 수 있을지 확실하지 않지만 모든 것은 운명에 맡기기로 한다. 당신은, 오로라를 향해 떠나기까지 남은 며칠 동안 매일 밤 오로라가 저편과 이편의 하늘에서 나타나 이편과 저편의 하늘로 사라지는 꿈을 꿀 것이다. 그리고 이내 당신은 캄캄한 흑야의 들판 위에서 밤이 새도록 오로라를 기다리고 또 기다릴 것이다.

빛과 어둠

당신은 빛에 대해 생각한다. 빛은 영원할 것처럼 하늘에서 지상으로 천장에서 바닥으로 쏟아지지만, 해가 지고 전등이 꺼지는 순간 빛은 순식간에 자신의 영역을 내어주고 사라진다. 오로라 역시 빛의 향연이 시작되는가 싶으면 사라지고, 사라졌는가 싶으면 어느새 저편의 하늘로부터 몰려오기 시작한다. 태양이 영원성을 전제로 한다면 오로라는 영원성을 전제로 하지 않는다. 태양이 빛과 함께 수평선 너머로 사라진다는 것은, 다음날 다시 떠오를 것이라는 미래를 예비하는 것이다. 그러나 오로라는 이러한 예측 가능성을 전제로 하지 않는다. 그것은 마치 알 수 없는 연인의 마음처럼 일순간 나타나기도 하고 어느 순간 어둠을 앞세우고 침묵하기도 한다.

빛은 일반적으로 어둠을 전제로 하지 않는다. 빛의 영역에 어둠이 서성이는 경우는 많지 않다. 물론 빛과 함께 어둠이 동시에 몸을 웅크리고 있는 경우도 있다. '개와 늑대의 시간'. '개와 늑대의 시간'은 빛과 어둠이 서로의 영역을 분할한 채 혼곤한 잠처럼 지상에 일렁이는 순간이다. 그것은 빛의 순간도, 어둠의 순간도 아니다. 이때 하늘과 바다와 지상의 경계는 모호하고, 저 먼 곳으로부터 무엇이 몰려오는지 알 수 있는 자는 많지 않다. 그것이 개인지 아니면 늑대인지. '개와 늑대의 시간'은 빛의 주변을 서성이는 어둠이자 어둠의 주변을 서성이고 있는 빛의 세계이기도 하다.

오로라 역시 '개와 늑대의 시간'처럼 빛과 어둠이 공존하는 순간을 동반

한다. 그러나 '개와 늑대의 시간'이 빛과 어둠의 혼재된 상태라면, 오로라는 '어둠 속의 빛'과 '빛을 둘러싼 어둠'이 더욱 선명해지는 순간이다. 오로라는 어둠이 짙을수록 선명하게 볼 수 있다. 그래서 '오로라 헌터'들은 도심을 벗어나 더 깊은 어둠 속을 찾아 헤맨다. 어둠이 없으면 애초에 볼 수 없는 것이 오로라이다. 그리고 오로라가 펼쳐질 때 그것은 빛의 향연이기도 하지만 어둠을 더 깊고 선명하게 만드는 빛의 무리이기도 하다.

당신은 오로라라는 빛을 떠올리면 언제나 어둠이 먼저 생각난다고 했다. 오로라를 본다는 것은 사실 어둠을 인내하는 일이기도 하다. 밤이 깊도록 오로라가 나타나지 않을 때. 오로라를 보기 위해 모인 사람들은 밤을 인내하며 오로라를 기다린다. 그런 점에서 오로라는 빛이면서 동시에 어둠의 영역이기도 하다. 당신이 이번 오로라 여행에서 오로라를 보게 될 가능성이 얼마나 될지는 알 수 없다. 물론 오로라 지수가 일기예보처럼 발표되지만 그것만으로 모든 것을 알 수는 없다. 당신이 떠나기까지 아직도 며칠이나 남았고, 그날의 날씨가 흐리지 않아야 하기 때문이다. 물론 당신은 일주일 정도 알래스카 페어뱅크스에 머물 예정이기 때문에 그중 하루 이상은 오로라를 볼 수 있을 것이다. 그러나 사람의 마음이란 것이 언제나 그렇듯 볼 수 없을지도 모른다는 불안함에 당신의 마음은 조급해진다.

당신은 미리 발권해놓은 비행기 표를 만지작거리며 당신이 있는 이곳과 오로라를 보러 가야 하는 페어뱅크스까지의 거리를 떠올려본다. 이번에는 오로지 페어뱅크스에만 머물다 올 것이다. 추위를 견디며 여유롭게 페어뱅크스의 거리를 걷고, 밤이면 'MECCA'에 들러 맥주를 마실 것이다. 'MECCA'의 명랑한 바텐더이자 웨이트리스 키산드라와 에스키모들 그리고 이외의 여러 단골들이 여전히 그곳에 있을지 당신은 궁금하다. 당신은 이제 곧 그곳으로 떠날 것이다. 모든 그리움을 안고 또다시 알래스카에 갈 것이다. 당신은 오늘도 오로라가 나오는 꿈을 꾸며 밤의 한가운데를 횡단하겠지. 저편의 빛으로부터 이편의 어둠에 이르기까지, 당신은 꿈에서조차 빛과 어둠의 하늘을 온전히 담고 싶어 하염없이 하늘을 바라보며 어둠을 견딜 것이다. 그렇게 밤은 다가오고 당신의 잠은 밤의 한가운데로 더 멀리 나가려 한다.

페어뱅크스의 오로라

사실 당신이 애초에 오로라를 보러 가려고 마음먹었던 곳은 알래스카의 페어뱅크스가 아니었다. 당신 역시 처음에는 여느 사람들처럼 오로라의 성지라고 불리는 캐나다 옐로나이프에 가기를 꿈꾸고 있었다. 당신은 이미 옐로나이프로 가는 비행기 노선을 알아본 적도 있고, 이미 그곳에 다녀온 동료 작가 B로부터 한국인 '오로라 헌터'와 숙소에 대한 정보도 얻어놓은 상태였다. 그런데 지난여름 알래스카에 먼저 다녀온 이후,

당신은 오로라의 성지라고 하는 '옐로나이프' 대신 '페어뱅크스'로 가기로 마음먹었다.
일반인들이 오로라를 관측할 수 있는 곳으로는 북미 지역과 북유럽 등이 있는데, 그중에서도 북미 지역의 옐로나이프와 화이트호스 그리고 페어뱅크스 등이 최적의 오로라 관측 장소로 꼽힌다. 이 중에서도 오로라를 관측할 수 있는 확률이 가장 높은 곳으로는 일반적으로 캐나다 옐로나이프를 꼽는다. 오로라를 볼 수 있는 장소를 오로라 오발(Oval)이라고 하는데, 북위 62도 부근을 가리킨다. 옐로나이프의 경우, 비행기로 접근 가능한 오로라 오발 지역인데다 주변 1,000km 이내에 산이 없기 때문에 오로라를 볼 수 있는 최적의 장소이다. 하지만 화이트호스나 페어뱅크스 역시 옐로나이프 못지않은 오로라 관측 장소임이 분명하다.
당신이 오로라를 보러 가는 곳으로 옐로나이프가 아닌 페어뱅크스를 선택한 것은 자연 그대로의, 야성으로서의 오로라가 보고 싶었기 때문이다. 물론 옐로나이프 역시 극지의 작은 마을이기 때문에 자연으로 둘러싸인 곳이기는 하다. 하지만 옐로나이프는 오로지 오로라 관측을 위해 특별히 조성된 오로라 빌리지를 비롯하여 도시 전체가 오로라를 위해 꾸민 듯한 인위적인 느낌이 강하게 난다. 그런데 반해 페어뱅크스는 오로라를 위해 특별히 꾸민 생각이 들지 않는, 자연스런 느낌이 난다. 물론 페어뱅크스는 북극권에서 상당히 큰 규모의 도시이기 때문에 도시의 불빛이 오로라를 관측하는 데 다소 방해가 되는 것이 사실이다.

따라서 페어뱅크스에서 오로라를 관측하기 위해서는 도시에서 조금 멀리 떨어진 곳까지 이동해야 하는 번거로움이 따른다. 하지만 이런 부분도 생각해보면 자연 그대로의 오로라를 보기에 더 좋은 조건이라는 생각이 들기도 한다. 도심을 벗어나 더 깊은 자연 속으로 들어가기 때문에 그야말로 야성의 느낌이 드는 오로라를 관측하기에 더할 나위 없이 좋기 때문이다.

당신은 페어뱅크스의 도심을 벗어나 알래스카의 더 싶은 야성 속으로 들어가는 생각을 하자 벌써부터 기분이 좋아진다. 도심을 벗어나면 어느새 주위는 칠흑 같은 어둠이 공중을 뒤덮을 것이다. 이제 광활한 들판의 한가운데에서 오로라가 나타나기만을 기다리면 되겠지. 당신은 벌써부터 페어뱅크스의 들판에 가 있는 것처럼 마음이 설렌다. 그날의 당신 주변으로는 지나가는 차의 불빛도 인가의 불빛 한 점도 보이지 않을 것이다. 당신은 자신의 운을 믿기로 한다. 페어뱅크스에 도착한 첫날부터 구름 한 점 없는 맑은 날일 것이고 오로라 지수 또한 매우 높을 것이라고 당신은 믿는다. 하지만 아직 오로라는 쉽게 당신의 시야 안에 들어오지 않을 것이다. 그러나 당신은 쏟아질 듯한 무수히 많은 별을 바라보며 말을 잊겠지. 당신은 태어나서 처음으로 은하수라는 말의 의미를 깨닫게 될 것이다.

별을 바라보며 당신은 영하 30도를 넘나드는 추위조차 잊을 테지. 그때 하늘 저편으로 무엇인가 희미하게 일렁이는 모습이 느껴진다. 당신은 직감적으로 그것이 오로라라는 것을 알고 숨도 쉬지 못한 채 저편의 하늘만을 뚫어져라 바라볼 것이다. 이윽고 오로라는 하늘을 열고 저편으로부터 이편으로, 이편으로부터 저편으로 상상으로만 존재했던 자신의 실체를 드러내기 시작할 것이다. 하나의 오로라가 사라지면 어느새 예측하지 못했던 곳으로부터 환영의 매혹은 연이어 펼쳐지기 시작하겠지. 당신은 추위 따위는 아랑곳하지 않고 들판에 누워 당신의 온몸을 오로라의 공중에 맡기려 한다. 당신의 몸이 누워 있는 곳은 차가운 지상이지만 당신의 몸은 어느새 공중이 되어 오로라가 나타났다 사라지는 공중과 하나가 되려 할 것이다.

당신은 페어뱅크스의 들판에 누워 오로라를 바라볼 생각에 벌써부터 마음이 들뜬다. 그리고 날이 맑지 않다면, 오로라 지수가 높지 않으면 어쩌나 벌써부터 걱정하기 시작한다. 하지만 당신은 자신의 걱정이 얼마나 쓸모없는 것인지 잘 알고 있다. 당신은 짧지 않은 기간 동안 페어뱅크스에 머물 것이고, 그렇다면 오로라를 볼 수 없는 확률이 매우 희박하다는 것을 이미 알고 있다. 그래도 당신은 왠지 걱정이 앞선다. 이제 오로라를 보러 떠날 날이 얼마 남지 않았다. 오늘 밤에도 꿈속에서 오로라를 만나게 될까? 당신은 전등을 끄고 커튼을 치고 이제 그만 잠을 자려 한다. 암막 커튼을 친 방안은 온통 어둠이고 왠지 방의 저편으로부터 오로라가 몰려올 것만 같은 생각이 들기도 한다. 어디선가 바람이 불어오는 것만 같다. 이제 어둠이고, 당신이 떠날 날이 당신을 향해 걸어

오기 시작한다.

비현실의 감각

오로라가 우리에게 신비감을 자아내는 것은 그것이 현실에 존재할 수 없는 것과 닮아 있기 때문이다. 극지의 사물과 현상들은 대체로 보편적인 삶 속에서 경험할 수 있는 것이 아니기 때문에 낯설게 느껴지는 경우가 많다. 그중에서도 오로라는 비현실적인 감각을 더욱 강하게 드러낸다. 오로라는 분명 우리의 현실 속에 존재하는 것이지만, 처음부터 존재하지 않았던 것처럼 낯설게 다가온다. 하지만 이때 오로라가 주는 낯선 감각은 이물감이 느껴지는 그런 것이 아니다. 오로라의 낯선 감각은 신비와 몽환을 불러일으킴으로써 우리의 상상력과 환상을 자극하게 된다.

당신이 오로라에 매혹당한 것도 비현실적인 오로라의 감각 때문이었다. 지루한 삶 속에서 당신은 자연스럽게 환상을 꿈꿀 수밖에 없었을지도 모른다. 우리가 현실이라는 일상으로부터 벗어나는 것은 불가능에 가까운 일이다. 일상을 벗어나려면 우리 삶의 모든 관계와 조건, 지위와 욕망 등을 포기해야만 하는데, 그것을 결심하고 실천에 옮기는 것이 결코 만만한 일이 아니기 때문이다. 당신 역시 일상을 떠날 수 없음을 스스로 잘 알고 있다.

당신은 지금까지 살아온 일상의 참혹한 풍경 몇 개를 떠올린다. 여러

직장을 전전하는 동안 과연 행복했던 적이 있었는가라는 생각이 들기도 한다. 물론 나름의 행복과 만족, 성취감이 없지는 않았겠지. 그러나 당신은 살아간다는 것 자체가 지니고 있는 슬픔으로 인해 삶의 모든 순간은 결국 비극으로 수렴되는 것일 수밖에 없다고 생각한다. 당신은 강의를 하기 위해 학교에 가는 시간과 특별한 약속이 있는 날을 제외하고는 대부분의 시간을 쓰고 읽는 데 할애한다. 휴일에도 온종일 카페에 앉아 글을 쓰고 책을 읽으며 시간을 보내는 경우가 많다.

그런 당신을 두고 사람들은 성실한 작가라는 말을 하기도 하고, 당신은 그런 말이 싫지 않다. 하지만 그것은 읽고 쓰는 것이 당신에게 일이 아니라 즐거움의 순간이기 때문에 가능한 일이다. 당신은 그것을 단 한 번도 노동이라고 생각해본 적이 없다. 당신은 여행지에서도 무엇인가를 보러 다니는 것을 즐기지 않는다. 하루의 반나절을 여행하느라 시간을 보냈다면 나머지 반나절은 숙소 인근의 카페에 앉아 글을 쓰거나 책을 읽으며 시간을 보낸다. 카페에 앉아 무성영화처럼 펼쳐진 창밖을 보는 것은 언제나 기분 좋은 노곤함을 불러일으킨다고 당신은 생각한다. 그곳에 사람들과 자동차와 그 모든 소란스러움은 소리를 잃어버린 채 평화롭고 고요하게 흘러가고, 당신은 그곳에서 행복을 느낀다.

그런 점에서 당신이 책을 읽고 글을 쓰는 시간은 현실로부터 유리되어 있는, 환영의 시간일지도 모른다. 그리고 당신이 책을 읽고 글을 쓰는 모든 행동은 현실을 벗어나기 위한 최소한의 몸부림일지도 모른다. 그 때문에 당신이 오로라를 좋아하는 것은 이상하지도 어색하지도 않은, 자연스러운 일처럼 느껴진다. 오로라야말로 이 세상에 존재하지 않을 것만 같은 것이라는 점에서 현실의 가장 먼 곳에 있는 것이 아니던가. 당신은 이 모든 현실의 비루함으로부터 벗어나고 싶다. 하지만 오로라를 보고 다시 여행에서 돌아오는 순간 참을 수 없는 일상이 다시 눈앞에 펼쳐지리라는 것을 당신은 잘 알고 있다. 하지만 그렇다고 해서 영원히 일상 안에 있을 수만은 없겠지. 당신은 일상을 벗어나기 위해 비현실처럼 느껴지는 오로라를 보려고 한다. 그것은 잡을 수 없는 것이지만 당신의 마음속에 단단히 음각되어 있는 오랜 소망이다. 당신은 이제 그 소망을 이룸으로써 드디어 일상의 비루함을 벗어나려고 한다.

신의 빛과 삶의 숭고

오로라를 흔히 신의 빛이라고 한다. 그 이유는 앞서 말한 것처럼 오로라가 그 모든 현실적인 것들과 다르게 느껴지는 것이기 때문일 것이다. 더구나 오로라의 일렁이는 모습은 숭고라는 단어를 떠올리게 하고, 그 빛깔은 신성의 영역을 드러내는 것만 같다. 그것은 마치 신의 음성처럼 장엄하고 고요하게 우리의 마음을 뒤흔들며 나타난다. 오로라는 깊은 어둠 속에 빛나는 신성처럼 모든 세계를 숭고와 경외 속으로 인도하며 우리에게 말을 건넨다. 당신은 종교를 가지고 있지 않지만 오로라를 둘러싼 모든 빛과 움직임으로부터 신의 흔적을 느끼곤 한다.

당신은 그것이 정말로 신의 음성이 아닐까라는 생각을 한 적도 있다. 사람들 역시 오로라를 그 어떤 신의 음성으로 생각하는 듯싶다. 당신은 오로라를 직접 본 사람들이 무슨 기분일지 무척 궁금하다. 당신은 단 한 번도 오로라를 직접 본 적이 없기 때문에 그 기분을 알지 못한다. 그것은 별똥별이 사라지거나 유성이 눈앞을 스쳐 지날 때와는 다른 느낌이겠지. 당신은 몇 해 전 당신의 눈앞을 지나 떨어지는 유성을 본 적이 있다. 약간의 푸른빛이 감도는 확연한 빛남. 커다란 빛이 눈앞을 지나 저편의 어느 지상으로 사라질 때까지는 그리 오랜 시간이 걸리지 않았다. 당신은 그때 무슨 생각을 했던가? 처음엔 너무 놀라 아무 생각도 할 수 없었던 듯싶고, 무엇인가 소원을 빌어야 한다는 생각을 했을 때에는 유성은 이미 저편 지상으로 사라진 뒤였다.

유성을 본 것은 놀라운 경험이었지만, 그것으로부터 신성의 느낌까지 받은 것은 아니었다. 그것은 단지 경이로운 그 무엇일 뿐이었다. 유성은 신성의 음성이 되어 나의 모든 감각과 존재의 의미를 일깨울 수 없었다. 하지만 오로라는 다르다고, 오로라는 신성의 음성을 담고 있는 것이라고 당신은 생각한다. 오로라는 장엄한 빛의 서사이며 캄캄한 공중이 만들어내는 삶의 숭고이다. 우리는 이제 오로라가 어떻게 발생하는지를 과학적으로 설명할 수 있게 되었지만, 오로라는 여전히 과학만으로 설명할 수 없는 감각과 감수성을 온몸에 두른 채 우리 앞에 모습을 드러낸다.

북극광(northern light) 또는 극광이라고 불리는 오로라는 라틴어로 '새벽'이라는 뜻을 지니고 있다. 오로라는 태양에서 발생한 플라스마 입자가 지구의 자기장에 이끌려 대기에 들어온 후 공기 분자와 반응하여 다양한 색상의 자기 에너지로 나타나는 것을 이르는 현상이다. 이때 오로라의 색상은 우리가 흔히 생각하는 녹색뿐만 아니라 붉은빛, 푸른빛, 노란빛, 핑크빛 등 다양한 색을 지니고 있다. 당연히 그 형태 또한 일정하게 정해져 있는 것이 아니기 때문에 오로라가 보여주는 경이와 장엄함은 매 순간 다른 모습으로 나타난다. 오로라는 이처럼 확실한 과학적 사실과 실체이다. 그러나 우리는 여전히 오로라를 볼 때마다 그것으로부터 신의 빛을 떠올리고, 우리 삶과 세계의 모든 숭고와 경이와 본질을 생각하게 된다. 당신은 이제 곧 오로라를 보러 떠날 것이고, 그곳에서 지금껏 경험하지 못했던 놀라운 삶의 순간과 맞닥뜨리게 될 것이다.

에필로그

알래스카로부터 돌아와 이 글을 쓴다. 여행에서 돌아오는 순간 언제나 일상의 비극이 펼쳐지는 것처럼 알래스카에서 돌아온 이후 일상과 마주한 순간으로 인하여 한동안 힘든 시간을 보냈다. 알래스카의 자연이 주는 경이와 감동은, 무미건조한 일상의 삶을 견딜 수 없는 것으로 만들어버리고 말았다. 그 어떤 해방구도 없을 것만 같은 삶. 이러한 삶을 벗어날 길은 요원해 보였고 그럴수록 알래스카에 대한 그리움은 커져만 갔다.

알래스카에 대한 그리움. 내가 이 책을 쓰게 된 것 역시 오로지 알래스카에 대한 그리움 때문이었다. 그동안 무수히 많은 여행을 다녔지만 이번만큼 후유증이 큰 적은 없었던 듯싶다. 그것은 반대로 생각해보면 그만큼 알래스카가 주는 경이와 감동이 컸다는 이야기일 것이다. 여행에서 돌아온 이후 늘 알래스카에 다시 가게 되기를 희망했고, 그 희망을 실현시키기 위해 노력했다. 물론 여행지에 대한 그리움이야 늘 있는 것이니 이러한 감정이 특별한 것이 아닐 수도 있을 것이다. 하지만 알래스카에 대한 그리움은 그동안 겪었던 여행지에 대한 그리움의 강도를 훌쩍 뛰어넘는 것이었다.

알래스카의 자연은 내 삶의 본질과 근원을 돌아보게 한다는 점에서, 그리고 극지의 자연이 전달하는 장엄한 서사가 인간의 영역을 초월한 깨달음을 준다는 점에서 매우 다른 것이었다. 그것은 마치 우리 삶의 마지막 순간에 맞닥뜨리게 되는 회고의 순간과 닮은 것은 아닐까라는 생각을 하게 만들 정도로 압도적인 것이었다. 따라서 이렇게 압도적인 '극의 서사'는 당연히 우리 삶의 일상과 전혀 다른 모습을 지니고 있는 것일 수밖에 없다.

알래스카로 떠나기로 했을 때 나는 무엇을 떠올렸던가. 그날 나는 아마도 끝도 없이 펼쳐진 빙하와 광활한 툰드라가 만들어내는 자연의 서사를 가장 먼저 떠올렸던 것 같다. 그 어떤 문명과 인공의 감각이 끼어들 수 없는 곳. 알래스카는 나에게 자연 그대로의 모습으로 각인된 하나의 거대 서사였다. 눈과 얼음과 빙점과 원시의 자연만이 존재하는 극한의 땅. 실제의 알래스카는 그런 나의 상상과 크게 다르지 않았지만, 나의 상상을 뛰어넘는 낯선 곳이기도 했다.

누군가 내게 일상이 미치도록 견디기 힘들다고 말한다면 알래스카로 떠나라고 권하고 싶다. 누군가에게는 그저 빙하가 있는 경치 좋은 어느 곳일 수도 있겠지만 그것만으로도 삶에 지친 이들에게 많은 위안을 줄 수 있다고 생각한다. 굳이 위안이라고 할 필요도 없을 것이다. 그저 극지의 자연을 온몸으로 느끼는 것만으로도 우리의 삶은 전혀 다른 것들을 바라볼 수 있게 될 것이다.

지금 이 글을 쓰는 곳은 늘 그렇듯 집 앞에 있는 커피집이다. 창밖에는 도심의 풍경이 익숙하게 펼쳐져 있고 어느새 태양은 빌딩 너머로 사라지려 한다. 거리의 간판에는 하나둘 네온이 켜지기 시작하고 직장인들은 서둘러 퇴근을 하고 있다. 퇴근길의 직장인들은 집으로 가거나 친구를 만나거나 아니면 삼삼오오 어울려 한잔 술을 마시기도 할 것이다. 오늘 하루, 누군가는 실직하고 누군가는 이직을 결심하고, 누군가는 퇴사를 결심했을 것이다. 그리고 누군가는 점심밥을 먹다 갑자기

눈물을 흘렸을지도 모른다. 그리고 그는 쏟아지는 눈물을 주체할 수 없어 오래도록 자리를 비웠을지도 모를 일이다.
여행에서 돌아와, 한동안 내 마음을 사로잡은 알래스카의 한 가족을 떠올린다. 페어뱅크스 인근의 작은 마을 네나나에서 아트샵을 운영하는 젊은 부부. 이제 삼십대 초반이나 되었을까 싶은 젊은 부부는 네 명의 아이들과 함께 작은 아트샵을 운영하며 살고 있었다. 페어뱅크스에서 다시 앵커리지로 돌아가는 길 위에서 우연히 만난 그들 가족의 소박한 삶의 정경은 나에게 큰 감동으로 다가왔다. 그들과 많은 대화를 나눈 것도, 그들의 삶을 자세히 들여다본 것도 아니었지만 그들의 삶은 한눈에 보아도 욕망을 비운 모습이었다. 그들의 눈빛과 웃음 하나만으로도 그 모든 것이 느껴졌다. 젊은 남편은 알래스카의 사진을 찍고, 그의 젊은 아내는 네 명의 아이들과 함께 사진을 팔며 소박하지만 행복하게 살고 있었다. 무명으로 살아가는 '아무'로서의 삶. 나는 그들 가족을 바라보며, 이런 삶이야말로 진정한 행복이 아닐까라는 생각을 오래도록 했다.
과연 우리는 무엇 때문에 사는가? 진정 나를 위한 삶은 존재하는가? 누구도 그것에 대해 확실한 답을 할 수는 없지만, 우리가 살고 있는 세계가 행복하지 않다는 것을 우리는 암묵적으로 알고 있다. 그리고 이러한 모든 불행으로부터 결코 벗어날 수 없으리라는 것 역시 잘 알고 있다. 프로이트가 욕망을 끝낼 수 있는 것은 죽음뿐이라고 말한 것처럼, 우리의 삶에 깔린 고통이 끝나는 것 역시 죽음뿐일지도 모른다. 그렇다고 죽음을 선택할 수는 없는 일. 그렇다면 여행을 떠나는 것이, 그것도 일상의 가장 먼 영역으로 여행을 떠나는 것이 최선의 방법일지 모른다.
우리의 일상과 비슷한 곳으로의 여행은 약간의 일탈과 해방감은 줄지언정 일상 너머의 세계로까지 우리들을 안내하지는 못할 것이다. 물론 여행지는 어느 곳이든 그 안에 일상이라는 삶의 비루함을 삭제한 것이기 때문에 일상의 삶으로부터 일정한 거리를 지닌다. 하지만 우리가 떠난 일상과 흡사한 모습을 지닌 여행지에서 현실을 완전히 떠난, 우리가 잃어버린 삶과 세계의 본질과 만나는 것은 쉽지 않다. 그런 점에서 일상이라는 삶의 흔적을 완전히 비울 수 있는 곳으로 떠날 필요가 있다. 그럴 때라야 우리의 마음을 짓누르고 있는 삶의 무게를 다소나마 덜 수 있고, 잃어버린 세계와 신성을 복원할 수 있기 때문이다.
자, 이제 우리는 어디로 떠나야 하는가? 우리가 쉽게 경험해보지 못한 곳으로의 여행이 두렵게 느껴져 그곳으로 떠나는 것을 망설이고 있지는 않는가? 우리의 삶이 무료해지는 것이 끔찍하다면, 삶의 지리멸렬함에 참을 수 없는 고통을 느낀다면 더 이상 망설일 필요가 없다. 그것이 꼭 알래스카가 아니어도 상관없다. 그저 우리가 뿌리내리고 살고 있는 곳으로부터 더 멀리, 더 낯선 곳으로 떠난다면 그것으로 족하다. 알래스카로 가는 길은 생각보다 어렵지도, 낯설지도, 힘들지도 않다. 알래스카까지의 머나먼 거리감은 오로지 우리 안에 있는 두려움과 편견으로부터 비롯된 것일 뿐이다. 그러한 두려움과 편견을 깨는 것은 오로지 당신의 용기에 달려 있다. 그리고 그러한 용기는 다른 어느 곳도 아닌, 당신의 마음속에 있는 것이다.